爱的天空下雨了

安晴 著

The sky of
loving is
raining

天津出版传媒集团

天津人民出版社

图书在版编目（ＣＩＰ）数据

爱的天空下雨了 / 安晴著. -- 天津：天津人民出
版社，2015.10（2020.3重印）
  ISBN 978-7-201-09652-0-01

  Ⅰ．①爱⋯ Ⅱ．①安⋯ Ⅲ．①长篇小说－中国－当代
Ⅳ．①I247.5

中国版本图书馆CIP数据核字(2015)第212014号

爱的天空下雨了

AI DE TIANKONG XIAYU LE

安晴 著

出　　版　天津人民出版社
出 版 人　刘　庆
地　　址　天津市和平区西康路35号康岳大厦
邮政编码　300051
邮购电话　（022）23332469
网　　址　http：//www.tjrmcbs.com
电子信箱　reader@tjrmcbs.com

责任编辑　玮丽斯
装帧设计　芬　子

制版印刷　三河市华东印刷有限公司印刷
经　　销　新华书店
开　　本　660毫米×960毫米　1/16
印　　张　16
字　　数　181千字
版权印次　2015年10月第1版　2020年3月第2次印刷
定　　价　42.80元

CONTENTS 目录

The sky of loving is raining

目录
CONTENTS

The sky of loving is raining

CHAPTER 第一章

THE SKY
OF LOVING IS RAINING

你的名字明明
在舌尖上翻滚，
我却叫不出口

　　B市刚刚下过一场雨，湿漉漉的水汽给仲夏添了几分凉意，一扫前阵子的炎热，又赶在周末，正是出游的好天气。

　　许若唯挂了电话，脸上还挂着笑容，眼角眉梢都溢着光芒。旁边的魏琳忍不住调侃她："瞧瞧，你俩也太腻歪了。"

　　"家晨约我吃晚饭，我就不陪你啦。"许若唯冲她挤眉弄眼，乐滋滋地开始收拾东西。

　　魏琳盯着桌子上的两杯咖啡，长长地叹了一口气，好不容易逮着这家伙出来逛街，一个电话，又被男朋友拐走了。

　　许若唯笑眯眯地给了她一个飞吻，说道："Vring，我先走啦，好好享受你的下午茶。"

　　不等魏琳吭声，那个鹅黄色的身影已经离开了视线。

　　左爱餐厅的二楼，服务员正再三跟厉家晨确认："厉先生，按照您的吩咐，把戒指藏在甜点里对吧？"

　　"对，你就放在冰激凌里。"二十出头的男子眉目英挺，嘴角含着温柔的笑，引得那个服务员忍不住多看了几眼。

　　他似乎想到了什么，连忙又叫住了服务员："放在甜点里会不会不容易被发现？她有点儿迷糊，要是一口吞下了可不好。"

　　那个服务员捂着嘴偷笑，对他口中的女朋友真是又羡慕又嫉妒："厉先生，要不您把戒指藏在玫瑰花里吧，您的女朋友一定会很惊喜的。"

厉家晨微微一笑，低下头，看着手上的戒指盒，脑海里开始想象她看到这一幕的惊喜表情。

这副沉入爱河的模样，任谁看了都觉得甜蜜。服务员心领神会，识趣地退了下去。

同一时间，许若唯到了左爱餐厅。两人事先约了在一楼碰面，她下了车，在餐厅门外等了起来。

这个时间来往的人不少，许若唯向四周扫了一遍，唯独不见厉家晨的人影。

"怎么还没到？"她暗暗嘀咕，掏出了手机。

"美女姐姐，这是送给你的。"一个小男孩走到她面前，胖嘟嘟的脸，从背后拿出一枝红玫瑰，踮起脚，笑眯眯地递给她。

"给我？"许若唯瞪大了眼睛。

小男孩咧开嘴，脸蛋像水嫩的果子，大眼睛一闪一闪的："对呀，给一个穿着黄色裙子、长头发的姐姐，没错啊。"

许若唯低头看了看自己鹅黄色的长裙，心里更加纳闷了。小男孩却不等她说话，撒开脚丫子跑了，留下她拿着一枝红玫瑰傻傻地站在那里。

"美女，这是送给你的。"许若唯还在发呆，另一个青春美少女小跑过来，气喘吁吁的，言语间还带着一丝艳羡。

许若唯手上又被塞了一枝玫瑰，她这下学聪明了，拉住了对方，问道："我能问一下吗，是谁让你送花的？"

那个少女嘻嘻一笑，转身就跑，还故弄玄虚地冲她眨眨眼，笑道："美女，祝你们幸福哦。"

听了她的话，许若唯渐渐琢磨出了什么，手上那娇艳欲滴的红玫瑰越看越动人。她的嘴角微微扬起来，眉眼间的笑意就像花朵一样，慢慢地绽放开来。

很快，又有一个中年男士走过来，手上同样拿着一枝红玫瑰。

许若唯已经没有了先前的着急，不慌不忙地等着下一个送花的人。手上的花越来越多，她的心情就像跃跃欲飞的小鸟，折腾着翅膀，迫不及待地想要飞到那个人身边。

这一幕精心策划的浪漫事件，在男主角出现的那一刻达到了高潮。

"喜欢吗？"

厉家晨带着温柔的笑意，慢慢地从餐厅里走出来，手上拿着最后一枝红玫瑰。他穿着白色的衬衣，五官英挺，长身玉立，就像是从童话里走出来的王子。

许若唯自动忽略了四周的人群，双颊绯红，飞快地奔向了厉家晨的怀里："我很喜欢！家晨，谢谢你。"

"若若，我为你做所有的事情都是心甘情愿的。"厉家晨宠溺地点了点她的鼻子，"你永远不用对我说谢谢。"

许若唯没有吭声，低低一笑，放在他腰间的那双手抱得更紧了。厉家晨笑着吻了她的发顶，微微将她从身前拉开，眼睛一眨不眨地看着许若唯，如果仔细看，还能发现其中隐藏着一丝紧张。

"送给你。"他将手上的那枝玫瑰缓缓地递给许若唯，眼神温柔，如同一泓秋水，又像是冬日的暖阳，将许若唯包裹在其中。

许若唯接过玫瑰，低头浅笑，脸上浮着淡淡的红晕，比手上的花更娇艳了几分。

"若若……"厉家晨轻轻咳了咳，声音有些发颤地问道："你喜欢吗？"

"喜欢啊。"许若唯不明所以，目光再一次落在眼前的玫瑰上，一共十三朵，寓意着一生一世，他还真是用了心思。想到这里，她心里的雀跃又多了几分。

"小傻瓜。"厉家晨的笑意深了一些，他温柔地握住许若唯的手，另一只手慢慢地剥开最后那枝玫瑰。随着花瓣散开，一枚光华璀璨的钻戒露了出来。

"家晨……"许若唯整个人傻了，眼睛里立刻腾起了一层水雾，她结结巴巴了半天，说不出一句完整的话。

厉家晨取出那枚戒指，在泪眼婆娑的许若唯面前单膝跪了下去。

"家晨，你……你做什么？快起来啦。"许若唯感觉自己的心脏都要跳出胸腔了，她又是激动又是紧张，眼泪一下子就失控了，像珍珠似的，一颗接着一颗。

不是没有想过，只是当这一刻真的来临时，她竟然觉得不真实，就怕这只是自己虚构出来的梦，眨眨眼就碎了。

厉家晨拉过她的手，慎重地在她的手背上吻了一下，温柔地说道："嫁给我吧，若若，做我的妻子，和我一起走完这一生。"

许若唯已经泣不成声，捂着嘴，表情又呆又傻。

"你愿意吗？"如同黑曜石般的眼眸里满满的都是期待。

这样温柔的厉家晨，不禁让她想到了两人初见时的情景。

那时她刚刚回国不久，有一天逛街时下了大雨，她慌慌张张地撞到了厉家晨的伞下。她还记得，他那天穿了一件白色的毛衣和米色的府绸长裤，风

姿挺拔。

"你没事吧？"

有句话叫"一眼误终生"，那一刻，她清晰地听到了自己的心跳声。

"愿意，我愿意！"回想着旧事，许若唯连连点头，生怕动作慢了对方会反悔似的，"家晨，我愿意嫁给你。"

灿烂的笑容在那张英俊的脸上盛开，厉家晨动作温柔地将戒指套进她的无名指，然后印上一吻。

许若唯再也按捺不住，飞扑上去，紧紧地抱住了他。

四周看热闹的人早就围了一层又一层，见到这个情景，纷纷开始起哄。许若唯听到动静，这才回过神来，一边抹眼泪，一边羞窘地把脑袋往厉家晨怀里钻。

"都怪你，别人在笑我呢。"

"现在知道害羞了？刚刚是谁又哭又笑，跟个小花猫似的？"厉家晨含着笑，怜惜地替她擦拭着泪水，"别哭了，别人还以为我欺负你呢。"

"你就是欺负我。"许若唯嘟囔着推他，眼角的余光瞥到路人，顿时挽住了厉家晨的胳膊，小声地嘀咕，"我们走吧。"

厉家晨一笑，在众人或羡慕或称赞的目光中，拥着许若唯走进了餐厅。

这一天，许若唯都如在天堂。

回到许家的时候已经很晚了，许若唯捧着大束的玫瑰，进门时被许安伟撞了个正着。

"小姐回来了？"佣人福伯笑眯眯地看着许若唯手上的玫瑰，脸上的每道皱纹褶子里都藏着欣慰，"好漂亮的花。"

"福伯……"许若唯娇嗔地笑了笑，将玫瑰递给福伯，"您去找个花瓶插着吧。"

"好好好，小姐，你就放心吧。"福伯笑得合不拢嘴。

许安伟狐疑地扫了一眼那束玫瑰，直到福伯走远了，心里仍然有点儿不痛快。他咳了两声，抖开手里的报纸，问道："若若，这是谁送的啊？"

女儿长得漂亮，自小就不缺乏追求者，可是从来也没听过有谁赢得了她的芳心。她刚毕业回国，哪个臭小子这么快就偷偷下手了？

"爸。"许若唯娇笑着靠过去，亲昵地从背后搂住他，"您明天有时间吗？我想让您见见我的男朋友。"

"你什么时候交了男朋友？"许安伟十分讶异，"他人怎么样？家世呢？我认识吗？"

"爸，您就别担心了，您还不相信我的眼光吗？"许若唯嘟起了嘴，在心里偷笑，"您明天就能见到了。"

"你这丫头，居然一直瞒着爸爸。"许安伟虽然在商界名声赫赫，不过在女儿面前，他是一点儿办法也没有，"你约好时间吧，爸得替你好好把关。"

许若唯顿时眉开眼笑："谢谢爸。"

"好了，快去休息吧。"

一夜好梦，第二天醒来，许若唯的嘴角还带着淡淡的笑意。

楼下，许安伟坐在餐桌前看早报，福伯忙着张罗出门的事宜和礼品。许若唯听着那热闹的动静，心里满满的快乐，冲着镜子里那个红着脸的姑娘傻乐。

"若若，你已经挑了半个小时的衣服了。"

"好了好了，爸，我马上就好。"

　　这个宁静温馨的清晨是被一阵警笛声打破的，一直到很久以后，许若唯都忘不了这个噩梦。

　　"福伯，去看看怎么回事。"警笛声一阵接着一阵，越来越近，许安伟似乎有些心神不宁。

　　福伯应了一声，刚走到院门口，一群警察迎面涌了进来。

　　"你们找谁啊？这是私闯民宅，先生！"

　　福伯的喊叫徒劳无功，那群警察已经蜂拥而入。许安伟面色灰白，心中那股不安越来越强烈，他站起身，勉强维持镇定地开口："请问你们有什么事吗？"

　　"许安伟先生，您涉嫌参与一起金融诈骗案，当事人已经向法院提起诉讼，我们现在依法逮捕您。"为首的警察队长板着脸，一挥手，身边的警员立刻拿出了手铐，利落地上前钳制住了许安伟。

　　"你们干什么？放开我爸！"许若唯在楼梯上看到这一幕，又惊又怒，急匆匆地奔下来，"你们肯定是搞错了，我爸怎么可能会参与什么诈骗？你们抓错人了！"

　　她满心惊慌，一个劲儿地推搡着那些警员，试图将他们轰走，嘴里不停地重复着那几句话。

　　"许小姐，请您不要妨碍我们正常工作。"那名队长有些不耐烦了，一把抓住许若唯的手腕，同时吩咐警员将许安伟带走。

　　他手上不分轻重，抓得她发疼。许若唯却顾不上这些，一边激动地朝他拳打脚踢，一边对着被带走的许安伟哭喊道："爸！你们放了我爸！"

　　"若若，不要担心，爸没事的。"

　　看着许若唯这个样子，许安伟心都碎了。他有心想和女儿再说点儿什么，可惜没有机会了，那些警员粗鲁地将他拖上了警车。

"爸！"

许若唯尖叫一声，不管不顾地追出院子。警车在刺耳的鸣笛声中疾驰而去，只留下她一声接着一声地呼喊。

"小姐，快别哭了。"福伯颤巍巍地小跑过来，扶起倒在地上的许若唯，"先生到底犯了什么事？严不严重？我们还是赶紧找个律师吧。"

许若唯心里又急又慌，她甚至还不明白到底发生了什么事，前一刻不是还好好的吗？怎么突然说父亲是诈骗犯呢？

她倒在福伯怀里失声痛哭，那一身精心挑选的白色小礼服因为刚刚的折腾，也失去了原本的光泽，不过这时候已经没有人在意了。

许氏集团此刻乱成了一锅粥，许安伟被纪检委员带走的消息在第一时间传遍了公司，仿佛在安静的水池里投下了一大块石头。

"你说我们公司会不会倒闭啊？"

"不好说，难道许总真的参与了金融诈骗？"

几个员工正聚在一起讨论，看到走过来的男子，立刻噤了声。

"厉经理。"

厉家晨微微点了点头，面无表情地走向自己的办公室。有个胆大的员工冲出来，涨红着脸问道："厉经理，听说许总被抓了，我们公司没事吧？"

厉家晨停下脚步，似笑非笑地看了他一眼，说道："别问我，我对此事一点儿也不关心。"

他丢下这句话，大步地走进了办公室。

几个员工愣在那里，面面相觑，厉经理不是一向最得许总的赏识吗？怎么会是这个反应呢？

办公室里，厉家晨看着不断闪耀的手机屏幕，阴沉的表情终于缓了下来，露出一丝笑意："若若？"

许若唯对他而言就像是阳光一样的存在，驱散了那些肮脏和黑暗带来的不快。

"家晨！"许若唯的声音带着哭腔，"你在哪里？"

厉家晨浑身一震，语气急了起来："出什么事了，若若？"

"家晨，我爸被抓起来了！"许若唯哽咽着说道，"怎么办？我好怕！"

"你爸出事了？"厉家晨一愣，这消息来得太突然，不知怎的，他有些莫名的不安。

许若唯断断续续的哭泣还在继续："不可能的，我爸怎么可能会诈骗呢？一定是他们搞错了！"

握着手机的手突然加大力道，青筋凸了出来，厉家晨听到自己发颤的声音："若若，你说的是许安伟吗？"

"对啊，我本来想让你们今天见面的。家晨，我现在该怎么办？"

许若唯的话音刚落，电话那头传来"咚"的一声，信号突然断掉了。

"家晨？家晨？"

摔在地上的手机再没有人管，厉家晨痛苦地低吼一声，一拳狠狠地砸在了办公桌上。

电话的另一端，许若唯沮丧地盯着手机，不知道为什么，厉家晨的电话突然打不通了，在她最需要肩膀依靠的时候，好像全世界都远离她了。

关于许氏集团的金融诈骗案，在B市闹得沸沸扬扬，茶余饭后，谁都忍不住感叹一声，好好的B市首富，一转眼就家财散尽了。

这起案子前后不到一个月的时间，因为暗中有人递了证据，铁证如山，许安伟很快就被定案，判了五年，公司也宣告破产。

这则本年度最大的新闻只是为B市人提供了一些娱乐，没有人关注背后的细节，倒有人偶尔提一句："听说那许安伟还有一个女儿呢，真是可怜。"

许若唯是听不到这些怜悯和同情之词了，在许安伟的判决书下来的当天，她立刻随着许安伟服刑监狱的判决去了A市。

两年后。

刺耳的闹铃声响了一遍又一遍，再次将许若唯从旧梦中惊醒。

她盯着天花板，愣了片刻，然后缓缓地闭上了眼，一个陌生又熟悉的声音在脑海中响起："嫁给我吧，若若，做我的妻子，和我一起走完这一生。"

一生，多么动听的字眼，可是她现在独自一个人，在这举目无亲的A市，步履维艰。

"Olivia，你上班要迟到了！"魏琳的声音突然响起。

对了！今天可是自己第一天上班，绝对不能出岔子。

甩甩头，许若唯将那些苦涩的记忆压在心底，开始手忙脚乱地穿衣洗漱。

新的工作服还没有做好，她身上这套是向同事赵丽借的，两人个头差不多，大小也合适。白色的衬衣，外加黑色西装外套，下身是一条黑色工作裙，简单大方，为她添加了一份知性，只是……这胸口也太紧绷了吧？

盯着镜子里的人，许若唯红了脸，她没想到穿在赵丽身上松垮垮的衬衣

在她身上居然这么有"曲线美",不过她目前也只能将就着穿了。许若唯苦恼地调整着衣襟,指尖突然一凉,触到了一个冰冷坚硬的物体。

许若唯一怔,缓缓低下头。链子串着的那枚戒指精致如昔,静静地躺在胸口的位置,伴随着她每一次心跳、每一个呼吸。

"Olivia?"魏琳不知道什么时候走了过来,静静地站在房间门口。

"怎么啦?"许若唯回过神,深深地吸了一口气,挤出了一个笑脸。日子总要往前看的,她不能一直在回忆里打转。

"我做了你最爱吃的小馄饨,快点儿刷牙。"魏琳没有忽略许若唯眼里一闪而逝的黯然,但她没有追问。

"马上,给我一分钟。"许若唯说完,急急忙忙地冲向洗手间。

魏琳摇了摇头,心里涌起一股淡淡的惆怅。看来Olivia还是没有忘记厉家晨那个浑蛋,当初Olivia孤立无援,一个人跑到A市,他连半个人影都没出现,简直就是势利小人!现在想想,幸亏自己当初陪Olivia来A市了,要是没有她,Olivia又该怎么撑过这两年呢?

就在魏琳胡思乱想间,许若唯尖叫着从洗手间冲了出来:"惨了惨了!要迟到了!"

"再急也要吃早餐。"魏琳的话音刚落,许若唯已经匆匆忙忙地跑到门口换鞋子了。她赶紧回到厨房,拿了一袋热牛奶和面包塞给许若唯。

许若唯心里一暖,笑着说道:"Vring,你真是太好了。"

"好啦,今天是你第一天上班,加油吧!"魏琳佯装不耐烦地催促道,许若唯笑了笑,抱了她一下。

"我走了,祝我好运吧!"放开魏琳后,许若唯挥手说道,往外走去。

此刻正值上班的高峰期,公交站挤满了朝九晚五的上班族。许若唯等了大概十多分钟，总算上了一辆公交车，只是车子开了不到十分钟，就堵在了路上。

车厢里人头攒动，充斥着各种香水、食物和汗水的味道，混在一起，有种说不出的烦闷。许若唯悄悄地打开了窗户，深吸一口气。

"A市真是太堵了！"

"怎么又是红灯啊！我赶时间呢！"

"还让不让人上班了？"

许若唯频频看着手机，心里也焦灼起来，听着耳边的抱怨，她苦笑一声，将目光转到了窗外。

这是一个位于市中心的十字路口，人流繁华，此时，数不清的车辆被红灯挡在街道两端，这阵容不下于一个豪华的车展。

许若唯目光一转，无意间瞥到公交车旁的车——一辆白色的迈巴赫。也许是驾驶员等得烦了，车窗缓缓降下后，一张俊美的脸顿时露了出来，与此同时，许若唯的心跳不受控制地快了起来。

从这个角度看过去，那张脸与记忆中的碎影慢慢重合，并逐渐拼凑出那个熟记于心的名字。

"厉家晨？"许若唯低声喃喃着，一动不动地盯着那个侧脸，满脸的难以置信。

仿佛是有所感应，车里的人也慢慢抬起头，许若唯一惊，几乎在他望过来的同时低下了头。

他看到我了吗？如果看到了，他会不会认出我来？一时间，无数念头从脑海中闪过，许若唯甚至不知道自己为什么要躲起来，仿佛这只是一个下意识的动作，就像看到好吃的东西，小孩子都会偷偷咽一下口水。

过了一会儿，等到理智逐渐回归，许若唯又暗恼不已地拍了拍脑袋，自言自语道："我为什么要躲呢？假如这是上帝安排的重逢，内疚不安、无地自容的那个人应该是他而不是我啊！"

想通后，许若唯大着胆子打算再看一眼，但是这一晃神的工夫，绿灯已经亮了，公交车再次开动。许若唯的目光飘了出去，那辆白色的车已经看不到影子了。

车窗外，人来人往，车水马龙，似乎一切都不曾发生过。

八点二十分，许若唯总算到达百货商场，看着手机，她长长地松了一口气。她刚应聘上一家化妆品专柜的工作，好歹是第一天上班，可不想因为自己迟到而留下不好的印象。

"咦？小唯，你来啦？"许若唯刚坐下，赵丽就匆匆跑过来招呼道。

"早上睡过头了吧？"许若唯指了指赵丽蓬乱的头发，忍不住笑着说道，"快理理。"

赵丽尴尬地抓了抓头发，圆圆的脸上露出几分不好意思，小声说道："起来得太晚了，刷了牙就出门，今天还轮到我打扫呢。"

赵丽说完，手忙脚乱地放下包，掏出梳子，利落地扎了一个马尾辫。许若唯看到那个装着包子和豆浆的塑料袋，笑了起来，说道："反正百货商场九点才开门，你在这里守着，赶紧吃个早餐，我去帮你打扫吧。"

"真的？"赵丽立刻跳了起来，她大力抱住许若唯，哇哇地叫着，"小唯，你真是个大好人！"

"就算是报恩吧！"许若唯指了指身上的衣服，想起自己昨天报到时什么都不熟悉，倒是赵丽热心地帮了她很多忙，其实赵丽才是个大好人。

赵丽上上下下地将她打量了一遍，贼笑着说道："小唯，要是我是个男人，一定会爱上你，你看你，不止人好，身材也……"赵丽说着顿了顿，又看了看自己，然后感叹道，"为什么同样的衣服，穿在你身上就那么不一样呢？"

被赵丽这么一说，许若唯顿时脸红了，拿起打扫的工具，转身往洗手间走去。

赵丽咬着包子，在后面乐不可支地嚷嚷："小唯，你别害羞嘛。"

两人嬉笑的声音透着年轻人特有的朝气，不由得引得其他专柜的人多看了几眼。许若唯浑然不觉那些或惊艳或羡慕的目光，打完水后回到专柜，脱掉西装外套，卷起袖子，开始认真地擦拭玻璃柜台。

赵丽一边吃早餐，一边在她耳边说着最新的小道消息："听说今天Der Mond会来一个新的地区经理，是个帅哥哦！"

Der Mond就是她们专柜代理的珠宝品牌。赵丽说完，眨巴着眼睛，顶着红润的脸蛋，看起来就像十六七岁的少女沉浸在童话里。

许若唯笑着摇了摇头，对她来说，一个帅哥还不如一张人民币来得现实，她现在只想好好工作，让父亲在里面过得更好一点儿。

"小唯，难道你一点儿都不心动？"赵丽看了许若唯好几眼。许若唯长得实在太好看了，这才第一天上班，已经吸引不少其他专柜的人来搭讪了，当然，都是男性。

"我还是比较关心值班经理，要是她不爽，等下我们都要挨骂了。"许若唯说着，将脏了的抹布扔进盆里，刚弯下腰，胸前的扣子绷得越发紧了，感觉要裂开了一样，她苦恼地拉了拉衣襟，端起水往洗手间走去。

"对哦。"想到值班经理周曼妮，赵丽顿时哭丧着脸。这周曼妮就是Der Mond的一只孔雀，目中无人，处处找碴。想到这里，赵丽连忙三两下吞完了

包子，开始干活。

许若唯去洗手间的途中，端着盆，一心注意着脚下，经过一个转角的时候，冷不防地撞到一个人。

"小心！"一声疾呼响起，许若唯和那个人撞了个正着。她脚下不稳，趔趄地退了好几步，等站定了，她连忙抬头去看对方的情况。

几乎是同时，对方温柔地问了一句："你没事吧？"

问话的是一个年轻的男人，穿着白色的立领衬衣，黑色的西装，眉目间仿佛闪着光，英俊而耀眼。

许若唯刚看清眼前的情景，立刻红了脸，因为那件白衬衣的前襟上已经染了一大团污渍，不用说，罪魁祸首就是她手上这盆脏水。

"对，对不起啊，我给您擦擦吧。"许若唯放下盆，拿着帕子，赶紧在对方的衬衣上擦了起来。

"不用……"谭森宇的话没有说完，许若唯便靠了过来，从他的角度看过去，只能看到那颗毛茸茸的脑袋，一颤一颤的，显然十分紧张和自责。谭森宇不由得勾起了嘴角，不过他的笑容还没坚持一秒，又因为对方的粗心大意而收敛起来。

"我……我不是故意的。"看着衬衣上多出来的一道黑色水渍，再看看自己手上的抹布，许若唯简直要哭了。

她一紧张，竟然忘了自己手上拿的是抹布。

"对不起，我真的不是故意的！"看着对方似笑非笑的目光，许若唯顿时手足无措。

"算了。"谭森宇低头看了一眼被糟蹋得不成样子的衬衣，一时无语。不过，看着许若唯满脸自责和内疚，绅士风度也让他说不出苛责的话，只好笑着解围，"大概我今天的幸运色不是白色吧。"

谭森宇的话让许若唯松了一口气，目光中悄然多了一丝感激，她小声地说道："先生，要不您和我去员工休息室一趟吧，我给您处理干净。"毕竟顶着一团污渍到处晃并不美观，许若唯这么想着，又弯腰去端脚边的盆子，打算带对方去员工休息室。只是不知道是她动作太大，还是那件衬衣终于经不起折腾，只听到一声轻微的声响，许若唯胸前的两颗扣子"啪"的一下飞了出去。

许若唯呆了一秒，低头一看，衣襟大开，顿时气血上涌，"啊"的尖叫一声，也不敢去看谭森宇的表情。她立即松开端着水盆的手，死死地捂住胸前，然后飞快地跑进了厕所。

天啊，怎么会发生这么窘迫的事？

许若唯欲哭无泪，待在厕所里不知道该怎么办。

真是太丢人了！她瞥向胸前，粉红的胸衣露了出来，完全遮掩不住，她现在这样根本见不了人。

不敢去细想刚刚那人看到了多少，许若唯现在只盼望赵丽能找过来，想办法让自己出去，不然她只能一直躲在这里了。

也许是福至心灵，她刚冒出这个念头，厕所外就传来了一阵敲门声。赵丽的声音隔着门板传过来："小唯，你在里面吗？"

"我在这里！"许若唯喜出望外，连忙打开了厕所的门。

赵丽一看到许若唯，眼睛立刻亮了，夸张地叫起来："小唯，我还是第一次看到有人把工作服穿出事故啊！你的身材也太好了吧？"别说男人了，就是她一个黄花大闺女看了都快流鼻血了。

听了赵丽的话，想起刚才的窘境，许若唯的脸上浮起了红晕，她又急又

羞，双手紧紧地护在胸前："你还笑？快点儿想办法啦！"

"别急别急，我带了针线盒，缝一缝就好了。"赵丽手脚麻利地从背包里掏出针线盒，许若唯这才发现，她不仅把自己的西装外套拿来了，还带来一个背包。

"外面那个帅哥是谁啊？长得真不错。"赵丽一边忙活，一边凑在许若唯跟前打听。

门外的帅哥？许若唯反应慢了一拍，等她回过神，整张脸又红了起来。

"我好像嗅到了什么奸情哦。"赵丽捂着嘴偷笑，"刚刚就是他告诉我你需要针线或者换穿的衣服。"

许若唯没办法，三言两语描述了刚才的事，言语中还透着几分感激。

"我可丢脸了，不过好在他没有让我赔衬衣的钱。"她可是偷偷留意了那件衬衫的标志，啧啧，那可要花费她一个月的工资，"不过他是怎么找到你的啊？"

"我当时还在喝豆浆呢，突然来个帅哥跟我搭讪。我还以为我的桃花终于要开了呢，结果帅哥说我有同事被困在厕所了，我就知道是你啦。"

听了赵丽的话，许若唯顿时反应过来：对方估计是看到了工作服上Der Mond的品牌标志，所以找到专柜那里去了。看来他真是个好人，许若唯越想越觉得内疚。

"好浪漫啊，现代版王子和灰姑娘的故事。"赵丽沉醉在自己的幻想中，给许若唯打气道，"加油啊，灰姑娘，搞不好你就变成公主了！"

许若唯闻言，眼底闪过一丝黯然之色，明显不想再继续这个话题。好在赵丽这时候顺利给她缝好了衬衣扣子，她的注意力完全被她娴熟的手法吸引了，忍不住称赞。

"小丽，你还真是贤惠，竟然随身带针线盒。"许若唯一边说，一边翻看赵丽放在洗手台上的背包。还真是什么都有，比如饭盒、针线盒、卫生棉，甚至还有医药盒，"你简直就是多啦A梦嘛，带了一个百宝箱呀！"

赵丽听后哈哈大笑起来，大大咧咧地说道："什么哆啦A梦啊，我就是穷人家的小孩，从小就自立惯了，与其等别人帮忙，还不如靠自己，这些可都是必备品。"

许若唯被她说得心里一动。想想自己，她打小就生活在童话世界里，可是有一天，当童话世界被打碎了，她束手无策，只能从公主变成灰姑娘。如果她能懂事一点儿，如果她能早早接触家族事业，如果她能帮着父亲打理公司，悲剧是不是就不会发生？父亲是不是就不会入狱？

许若唯分神片刻，赵丽已经站了起来，开始收拾东西："我们得赶紧出去了，等一下值班经理要来巡视。"

许若唯扣好衬衣，想了想，还是不放心，又把外套裹上了。

"啧啧，身材好是遮不住的。"赵丽坏笑着凑过来。

"别闹了！"

两人一前一后地回到柜台，周曼妮已经到了，正在对员工训话。许若唯拉了拉赵丽的衣角，两人顶着周曼妮不满的目光，磨磨蹭蹭地走上前去。

"今天把大家叫来，就是要向大家介绍一下我们新的地区经理。"周曼妮娇媚的声音传过来，此刻带着异样的兴奋和激动，"让我们欢迎谭森宇经理！"

话音一落，另一个明朗的男声响了起来："大家好，我是谭森宇，初来乍到，大家以后多多关照。"

许若唯眨了眨眼，这个声音似乎有点儿耳熟？她好奇地看了一眼那个男

人，顿时惊诧不已：这个新的地区经理不就是在厕所门口被她不小心泼到脏水的倒霉男人吗？这也太巧了吧？

许若唯还在震惊当中，周围的员工已经开始窃窃私语。

"哇，好帅啊！"

"没想到新的经理这么年轻！"

"是我喜欢的类型啊！"

赵丽也按捺不住了，一双眼睛里全是星星。她暗暗推着许若唯，低声嘀咕道："小唯，我们凑到前面去看看嘛，是先前那个大帅哥啊！说不定他能认出我们呢！"

许若唯现在只想找个地缝钻进去，怎么可能往前面挤？她急了，悄声说道："等一下经理说我们做事莽撞，要开除我们怎么办？"

"也对哦。"赵丽吐了吐舌头，缩回了脑袋。

谭森宇站在台上，将两人的小动作都看在了眼里。他微微勾起嘴角，多了一丝玩味："我这人特随和，有什么问题，大家可以和我多交流。"

"太好了！"人群中立刻传来女员工的娇呼声。

"谭经理！"在一阵骚动中，有大胆的女员工举起手，笑嘻嘻地问道，"请问你有女朋友吗？"

现场当时"哇"声一片，赵丽激动得恨不得跳起来，她死死地掐着许若唯的胳膊，兴奋地嚷嚷："不行了，不行了，我太激动了！"

几乎每双眼睛都直勾勾地盯着谭森宇，怀着一颗蠢蠢欲动的少女心。谭森宇笑了笑，没有说话，周曼妮的脸僵了一下，盯着那些女员工，没好气地低喝道："闹什么闹，像话吗？"

她微微昂着下巴，一番斥责中带着不易察觉的优越和自信。身边这个男人如此优秀，哪里轮得到这些员工觊觎？论姿色，论能力，她周曼妮当然是最出色的。

"本人目前单身。"谭森宇朝着所有员工露出一个标准的微笑，笑着说道："很高兴大家如此关心我，我同样也关心每个员工，以后，Der Mond就是我们共同的温暖的大家庭。"

雷鸣般的掌声顿时响了起来，钦慕和敬佩写在每个人的脸上。

"真是太帅了！小唯，他还单身呢！"赵丽激动地拉着许若唯的胳膊，压着声音说道，"这就是上帝给你安排的缘分啊！"

许若唯哭笑不得，她正要提醒赵丽自己的手快废了，谭森宇突然开口了："对了，我看到有些员工的制服不合身，这完全可以和后勤反映，我们公司还是很人性化的，可以为大家量身重做。"

他说完，目光若有似无地朝许若唯所在的方向投过来。

许若唯的脸"噌"的一下红了，看着就像熟透了的红苹果。她险些叫出声来，太丢脸了，他为什么要提这事呢？他该不会点名吧？哦，不对，自己好像没有告诉他名字。

太多的想法搅在一起，许若唯晕晕乎乎的，压根听不清周围的人在说些什么。

"别看啦，人都走了！"不知道什么时候，赵丽轻轻推了她一把，促狭地说道，"还说对人家没意思，你都看傻了。"

许若唯抬头一看，简短的见面之后，谭森宇和周曼妮已经离开了，在场的员工们也都三五成群地回到了各自的岗位。

繁忙的一天正式拉开了序幕，这小小的插曲就像是死水中的小波澜，很

快就消失，许若唯和赵丽也开始忙碌起来。

"哎，你这服务员怎么回事？糊弄人呢？这破玩意儿值这么多钱？"

"不好意思，这就是它的标价。"赵丽苦着脸，连声向面前的客户道歉。没办法，他们做销售的，总会遇到一些极品的客人，就说这个四十多岁的妇女吧，穿金戴银的，看着也不像是差钱的人，偏偏在这里计较价格不合理。

"这钻石才多大？你坑人呢，别家的珠宝要是这个价，那钻石可大多了。"对方一看就是个精明的主，她涂着口红的嘴唇一动一动的，每个字都犀利无比，"小姑娘，你也是拿提成的嘛，你们家又不是什么大品牌，不给折扣，那我可去别家了。"

她选了一套珠宝，这笔单要是成了，提成也不少。赵丽有点儿急了，这价格也不是她说了算的。

"我们Der Mond是以贵族化为经营理念，不管是在款式设计，还是手工艺术上，都是和别家珠宝不同的。"一道清丽的嗓音响起，赵丽心喜地转过头，许若唯冲她露出一个安抚的笑容。

许若唯及时赶来，为赵丽救场，面上始终带着浅浅的微笑，耐心地向那位女士解释："您看，您选的这套珠宝是不是很具贵族特色？高贵而大方，和您的气质也特别符合。"

女士听闻，面色缓和了一些，毕竟哪有人不喜欢听到夸奖的？不过她仍旧不满意，低声抱怨道："这戒指的钻才多大啊？同样的钱，我去别家买划算多了。"

"您眼光真是好，的确，我们Der Mond珠宝在设计上比较追求雅致。"许若唯弯起嘴角，戴上手套，小心地将戒指取出来，笑道，"您看看试戴的效果吧，Der Mond品牌源自于德国，结合法国的浪漫与优雅，加上德国严谨的做工，在国外很流行的，据说背后还有一个动人的爱情故事呢。"

许若唯耐心地替对方戴上戒指，动作温柔而细致。看到女士露出笑容，她进一步游说："您看，并不是只有钻石大才好看，我倒觉得这份高雅和浪漫更符合您的气质呢。当然了，每家珠宝都有自己的特色，您完全可以货比三家，不过我敢说，论精致和优雅，Der Mond绝对是首选。"

那个女士此刻已经笑得合不拢嘴，看看食指上戴的戒指，再听着许若唯一口一个优雅高贵的夸奖，她哪里还有半点儿不满意。

"好，这一套我都拿了。"那个女士喜笑颜开，她还不忘打趣许若唯，"你口才真不错，太会推销东西了。"

"哪里，是您眼光太好，物有所值。"许若唯将打包好的首饰递给那个女士，满脸笑容地说，"请您这边走，我带您去结账。"

大约十分钟后，许若唯带着小票回到柜台，赵丽立刻给了她一个熊抱，嚷嚷着："小唯，你太厉害了！"

那么难缠的客户，许若唯几句话就搞定了，相比之下，她实在是太差了。

"哎，小唯，看不出来嘛。"赵丽笑嘻嘻地和许若唯说，"你做了很多准备功夫吧？看你这么了解Der Mond，不知道的还以为你是这里的老员工呢。"

许若唯咬着嘴唇，心里暗笑。她在国外留学的时候戴过Der Mond的珠宝，所以有一定的了解，这也是她为什么会选择在这里工作的原因。

当然，这些她不打算告诉赵丽，而是随口扯了一个理由："Der Mond在国外挺有名的，我都是在网上搜的资料。"

赵丽丝毫没有怀疑，叹了一口气，朝许若唯挤眉弄眼，笑道："小唯，你长得这么漂亮，又聪明能干，肯定有大把的男人追你吧？"

许若唯笑着回答："你整天都在想些什么呀，女孩子要学会自立，男人是靠不住的。"

赵丽听了哈哈大笑起来，顺手拍了许若唯一下，嗔怪道："你怎么知道男人靠不住？说得好像你经历过一样。"

许若唯心里一痛，她可不是经历过吗？回忆渐渐浮上心头……

"许小姐，依照法院的判决，这栋房子将要拍卖出去，请你配合工作，尽快搬离这里。"

白纸黑字，法院的通知没有带一丝一毫的温度。这一切都发生得太快，父亲出事了，公司倒闭了，连住了二十多年的房子也要失去了，许若唯的世界在这一刻坍塌，她多么希望这只是一场噩梦。

一时间，所有的人都好像离她远去，许若唯能想到的一个避风港就是厉家晨。

法院的工作人员一遍遍地催促她离开，而她则像疯了似的，不停地拨打着那个熟悉的号码，然而回应她的只是冰冷的女声，一遍又一遍地重复着对方已关机。

两年了，许若唯以为她已经忘了那些流过的眼泪，却没想到自己记得清清楚楚。

许若唯苦笑了一下，第一次觉得记性好也是个麻烦事。

"小唯，来客人了。"赵丽在给一个客户作产品介绍，抬头看见柜台前又走过来一个年轻小姐，她连忙轻声提醒许若唯。

许若唯回过神，看见柜台前站着一位二十多岁的年轻小姐，齐肩的长卷发，身穿印花真丝连衣裙，身段玲珑，容貌艳丽。

"您好，您需要看点儿什么？"许若唯连忙打起精神。

宋文薇低着头，随意地打量柜台里展示的首饰，听到许若唯的声音，她抬起头，眼底闪过一丝诧异。

想不到这里的售货员长得倒不错，宋文薇暗自扫了一眼许若唯，虽然是简单的工作套装，脂粉未施，但这丝毫掩饰不了对方的天生丽质。

"您喜欢这款手链？"许若唯见她拿着一条手链沉默，连忙热情地推销："这款手链有个名字，叫倾心。您看，它选用了十一颗碎小的蓝钻，璀璨迷人，寓意着地中海沿岸浪漫的薰衣草，十一也是一生一世的意思。"

倾心？宋文薇立刻被这两个字眼吸引住了，她细细地打量着手上的链子。

纤细的白金，小巧而精致的叶子造型，碎钻隐藏在其中，就像是海面上一闪一闪的阳光，的确很能吸引人的眼球。

"就这条，给我包起来。"宋文薇爽快地说道。

许若唯麻利地包好东西，看见赵丽暗暗朝自己竖起了大拇指。

"麻烦您移步，到前面的收银台付款。"许若唯满脸笑容道。

"等会儿吧，我朋友马上过来。"宋文薇撩着自己的卷发，一边漫不经心地回答，一边继续浏览着柜台上的首饰。

赵丽眼珠子转了一圈，笑眯眯地说道："是男朋友吧？小姐，你男朋友对你可真好，还陪你逛街呢。"

赵丽说完，许若唯暗暗推了她一把，脸上露出无奈的笑容，这赵丽就是太热情了一点儿，惹了客人可不好。

宋文薇倒没有生气，她笑了笑，脸上浮出一丝可疑的红晕，十分动人，连声音都柔了下来："还不是男朋友呢。"

"还不是，那就是快了？"赵丽嘴快，笑着说道。

宋文薇没有说话，脸上越来越灿烂的笑容却说明了一切。赵丽对她口中的那位朋友更加好奇了，心里痒痒的，忍不住小声和许若唯嘀咕："看她长得也不错，男朋友不会是个有钱的糟老头吧？"

许若唯担心客人听到，偷偷瞪了她一眼。她正要说话，宋文薇忽然举起了手，朝她身后的方向挥了挥手："这里呢！"

"哇，好帅啊！"赵丽扭头一看，小声惊呼道。

许若唯抿嘴一笑，也看了过去。

但与赵丽不同的是，看到那人，许若唯满脸的笑容立即凝固了。

喧闹的商场在这一刻好像静了下来，而那个长身玉立的男子不慌不忙一步一步地朝着她走过来。

米白色的风衣，同色的V领针织衣，石青色长裤——他双手插着口袋，脸上的表情是一贯的温和。

许若唯愣在那里，一时间念头纷杂，毫无头绪，只有那个名字在舌尖翻滚，几乎就要脱口而出——厉家晨。

CHAPTER

第二章

02

THE SKY
OF LOVING IS RAINING

也许我们都
被围困在回忆
的温情中

　　"家晨，快来看看，我看中了一条手链。"在那些羡慕的目光中，宋文薇优雅地迎了上去，亲昵地挽住了厉家晨的胳膊。

　　赵丽双眼冒着粉红泡泡，低声嚷嚷："好帅啊，真是羡慕嫉妒恨！"

　　她劈里啪啦讲完一大串，许若唯却毫无反应。赵丽纳闷了，瞅了一眼许若唯，发现她低着头，露出的侧脸一片苍白。

　　"小唯，你怎么啦？"赵丽关心地问道。

　　"我没事。"许若唯及时调整好情绪，暗暗给自己打气。她刚抬起头，宋文薇已经挽着厉家晨走了过来。

　　"小姐，你们真的很般配。"见许若唯似乎没有反应，赵丽连忙热情地搭话。

　　宋文薇看了一眼厉家晨，见他好像没有不开心，脸上的笑容更甜了，客气地回了一句："谢谢。"

　　"您要继续看看呢，还是就去结账？"嘴上应付着客人，赵丽的目光却不时地落在许若唯身上，以往小唯这时候都会很热情给客人介绍，她现在是怎么啦？

　　"哦，你把刚刚那款'倾心'拿来，我想让他看看。"宋文薇意味深长地看了一眼厉家晨。

028

包装好的首饰盒就在许若唯手上，她不得不主动上前，伸手将盒子递了过去。

这一连串的动作只是短短十来秒的事，许若唯却觉得无比漫长。她低着头，不敢看厉家晨，心里的念头却止不住地冒出来：他认出我了吗？他在想什么？

"家晨，你觉得好看吗？刚刚这位服务员说，它的设计灵感来源于薰衣草的爱情花语，是不是很浪漫？"宋文薇一边笑着解说，一边偷偷打量厉家晨。

"你喜欢就好。"厉家晨的声音听不出任何情绪，他安静地站在宋文薇身边，丝毫不理会周围那些目光，英气中又多了一份稳重。

再一次听到这个熟悉的声音，许若唯浑身颤了一下，她不知不觉地抬起了头，静静地望向那个人。

两年的时间，许若唯不是没有想过两人久别重逢的画面，可能会激动，可能会痛恨，可能会抱头痛哭，可能会擦肩而过。那么多的臆想，但是绝对不包括眼前的这个场景。

他在离她一米不到的地方，隔着柜台，他是顾客，她是售货员。

厉家晨的目光与她相撞，又移开了。他似乎没有看到她，似乎又看到了，只是眼里没有一丝在意，就好像她只是一个无关紧要的陌路人。

那不经意的目光就像风吹过云朵，没有任何意义，没有任何爱恨。

许若唯下意识地握紧了拳头，目光落在那张既熟悉又陌生的脸上，再也无法移开——墨一样的浓眉，狭长的眼，永远噙着笑的薄唇，似乎还是那个人，绅士而温柔。

　　不，还是不一样的，许若唯在心里告诫自己，这不再是她温和多情的恋人。不管是他眼底偶尔闪过的锐利，还是抿着嘴时冷硬的线条，现在的厉家晨更多的是财经杂志上的商业精英，而不是她泛黄的记忆。

　　"那好，就这条手链吧。"宋文薇明显有些失望，她原本打算借机试探厉家晨的态度，显然对方并不接招。

　　"我带你们去收银台吧。"赵丽热情地给他们带路，还不忘奉承宋文薇，"小姐，你可真有福气，我要是有个这么大方体贴的——朋友，哈哈，我肯定把整个商场都打包了。"

　　听了赵丽的话，宋文薇心里舒坦多了，她挽住厉家晨的胳膊，话里透着得意："是啊，他很有耐心的，经常陪我逛街。"

　　三个人渐渐朝着收银台的方向走远，对话也听不到了，许若唯松了一口气，这才发觉心里的弦一直绷着。

　　是啊，他一直是个很有耐心的男朋友。记得两人还在一起的时候，有一次她看中一双鞋子，当时没有买，后来再去商场，忘了是哪个专柜，结果厉家晨陪着她一家鞋店一家鞋店地试，最后真的找到了那双鞋。

　　都说恋爱中的人不能互送鞋子，不然对方会离开你，这话大概是真的吧，所以她和厉家晨后来不就分手了？

　　不，当时她甚至不知道是怎么回事，自从厉家晨的手机关机后，她就再也找不到他了，直到看到那本财经杂志，上面称呼他为"最具潜力的商业精英"，这时她才恍然大悟。

　　原来他是厉氏集团的独子，前途不可限量，而他莫名地"消失"，就是一种心照不宣的分手，只是为了避免双方尴尬，后来，她抱着那本杂志哭了一夜。

现在想想，自己也挺傻的，厉家晨应该是担心她缠着他吧。一个身无分文的千金大小姐，父亲还进了监狱，怎么看都是一个累赘。

许若唯想起这些，不禁暗笑自己傻，刚刚见面，她居然还抱有期待。早在两年前，厉家晨不就给出了答案吗？他只当她是陌生人。

"小唯，你怎么回事啊？"许若唯想得出神，赵丽一连叫了她好几声，"我知道了，是不是看到大帅哥，想到自己还单身，有点儿伤感啊？"

许若唯一看她充满八卦的眼神，顿时有点儿头疼。果然，赵丽兴致勃勃地缠住了她："别灰心嘛，刚刚那个厉先生是挺帅的，不过没关系，我们谭经理也不错啊，你要抓紧手边的缘分才是！"

许若唯听后哭笑不得，不过赵丽的话也提醒了她，厉家晨身边已经有了新的恋人，她也不能再沉湎过去，早该走出来了。

"好啦，你别瞎操心。"许若唯故意逗道，"你喜欢的那个帅气保安正在看你呢。"

"这就是一个看脸的社会，你长得这么好——"赵丽的声音突然卡住了，她跳着脚直叫，"真的吗？真的吗？你怎么不早说啊？坏了，我的形象啊！"

忙碌的上午很快就过去了，按照公司规定，每个员工只有一个小时的午餐时间，由于第一天上班，许若唯并没有带饭。

"小唯，要不我分你一半？"赵丽晃了晃手上的便当盒，商场的东西又贵又难吃，她一向都是自带午饭的。

许若唯连忙摇头，赵丽做的是一人份的，总不能让她跟着饿肚子。

她想了想，说道："我去买面包和牛奶，你看着点儿。"

许若唯刚走出商场，魏琳的电话就打过来了。

"Vring，你的电话来得真及时，我刚午休。"

"那正好，我们一起吃午饭。"魏琳身边似乎还有别的同事，她嘀咕了几句，这才又拿起手机，"我就在你们店附近拍外景，给我几分钟，马上就到啊。"

说完，她也不等许若唯开口，就挂了电话。

许若唯忍不住笑了，有时候她还挺羡慕魏琳的，在杂志社上班，工作自由又轻松，这家伙没少借拍摄之名到处晃悠。

考虑到只有一个小时，许若唯找了一家西点店，打算吃点儿三明治应付，附近的饭店早就人满为患了。

她坐下没多久，魏琳就按照她发的地址风风火火地找了过来。

"我点了两份三明治，你还要喝点儿什么吗？为了庆祝我第一天上班，我请客。"许若唯看着气喘吁吁的魏琳，笑眯眯地说道。

"随便吧。"魏琳端起桌上的冰水，一口气灌了下去，看得许若唯目瞪口呆。

她顶着一头蓬松的短发，穿着黑色宽大的T恤衫，胸前挂了一大串稀奇古怪的项链，浅色牛仔热裤上也剪了好几个洞，身上还背着一台相机。

"你就不能淑女点儿？"许若唯一边在餐单上勾勾画画，一边瞪了魏琳一眼。

"你看我像是淑女吗？"魏琳把杯子重重往桌上一搁，笑眯眯地问，

"来，说说看，今天上班怎么样啊？"

"还行吧。"许若唯的笔顿了一下，脑海里不知不觉浮现出了和厉家晨重遇的那一幕。

魏琳和她认识这么久，一下子就看出了不对劲。她用食指轻轻敲着桌面，危险地眯起了双眼："Olive，你在撒谎。"

许若唯知道瞒不过她，于是双手一摊，无奈地说："好吧，坦白从宽。"

"还不老实交代？"

许若唯三言两语将上午的事讲了一遍，提起厉家晨，她的眉间始终带着淡淡的怅惘。

魏琳愣了一下，迟疑地问："你是说，你又见到那个王八蛋了？"

许若唯端起水杯，含糊地"嗯"了一声。魏琳一看她这闪烁其词的模样，心里腾起一股火气："也就是你脾气好，要是我，冲上去就抢他两耳光，扇死这个白眼狼！"

她的声音不小，怒气冲冲的，周围的人看了她好几眼。许若唯有些羞窘，轻声提醒她："Vring，你别激动。"

"我能不激动吗？"魏琳哼了一声，"这家伙就没安好心，我问你，他今天是不是又欺负你了？"

"没有。"许若唯连忙摇头，知道魏琳也是担心自己，便柔声安抚道："Vring，你真的不用担心，我现在已经放下了，他是他，我是我，以后大家各不相干。"

"我就是气不过，什么商界精英，就是个坏蛋！当初就是图你的钱，还

欺骗你的感情。幸好你们家破产，他被吓跑了，不然你嫁给这样的败类，多亏啊！"

魏琳在气头上，说话也不经思索，等看到许若唯脸色惨白了，她才暗恼不已。

"Sorry啊，Olive，我没有别的意思。"魏琳拍了一下自己的脑袋，她就是嘴巴太快了。

许若唯勉强笑了笑，她知道魏琳是无意的，只是这一番话难免勾起了她的伤心事，她站起来，往服务台方向走去："我去点单。"

尽管是西点店，这个时间段，服务台前排队的人也不少。许若唯交了单子，心不在焉地等了一会儿，突然听到服务员问了一句："6号的三明治是什么酱也不要吗？"

"是的。"

两个声音同时响起来，许若唯一愣，她吃三明治不喜欢涂任何酱，刚才她跟服务员特意交代了，难道还有人跟她一样？

那个服务员显然也糊涂了，她又重复了一遍："是谁的三明治不要酱？"

"我的。"

"我。"

再次听到异口同声的回答，许若唯突然觉得好笑，循着声音找了过去。

难道还真有这么巧的事？

"是你？"找到"有缘人"，许若唯有些诧异，很快又笑了笑，礼貌地打招呼，"谭经理，好巧。"

谭森宇挑了挑眉，显然也有点儿意外，他指了指服务台，又指了指手里的单子，笑着说："6号桌，我想服务员问的应该是我。"

许若唯一愣，连忙翻看手上的单子，原来她是16号桌。她忙不迭地道歉："不好意思，我听成16号桌了，而且我的三明治也是不放酱的。"

"你是不是也觉得任何酱都会糟蹋食物原有的美味？"谭森宇接过自己的三明治，并没有立刻离开，而是与许若唯交谈起来。

许若唯微微一笑，心里却挺讶异的，谭森宇完全说出了她的心里话，而且因为她这个奇怪的嗜好，魏琳不止一次说过她奇怪，没想到她现在居然遇到了另一个怪人。

服务员这时候叫到了许若唯的号："16号桌，两份三明治，一杯气泡果汁，一杯黑啤。"

谭森宇露出一丝孩子气的笑容，英俊的脸上顿时多了明朗的色彩，他朝许若唯笑着说："我也觉得三明治配黑啤最有味道。"

许若唯端着餐盘正准备走，听到这话，她诧异地看了看谭森宇，两人会心一笑。

"谭经理……"

许若唯正打算礼貌地道个别，魏琳突然风风火火地冲了过来，一把将她拉到身后，气势汹汹地对着谭森宇吼道："你有点儿风度行吗？光天化日搭讪人家姑娘，没看到她不乐意吗？"

谭森宇目瞪口呆，被这突然的变故弄得傻眼了。他无辜地耸耸肩，目光投向许若唯，而许若唯此时恨不得捂住脸。

真是丢人！谭经理会不会觉得她很奇怪？

许若唯暗暗地拉了拉魏琳的衣角，小声解释道："Vring，这是我们经理。"

"看你长得也不差，为什么学人家勾搭美女……喀喀，经理啊？"魏琳还在"义正词严"地教育对方，听到许若唯的话，呛了一下。

她看向许若唯，收到对方肯定的眼神之后，立刻变脸了，主动握起谭森宇的手，笑嘻嘻地说："经理好，真是缘分啊，相见不如偶遇，不如大家一起？"

"喂，Vring！"许若唯小声地抗议，她和这个谭经理一点儿也不熟，这么热情，搞不好别人还以为她有心巴结呢。

谭森宇心里暗笑，觉得这两个姑娘挺有趣的，点点头答应道："好啊，和美女共餐，是我的荣幸。"

魏琳立刻对这个经理的印象好了几分，她偷偷扯了扯许若唯，小声说道："不错嘛，近水楼台，你可以考虑一下。"

碍于谭森宇在场，许若唯不好说什么，她没好气地给了魏琳一个白眼，端着餐盘率先走了。

餐桌上并没有出现许若唯担心的尴尬场面，虽然和谭森宇才见过两三面，但他显然是个绅士，修养十分好，而且意外的健谈。魏琳更不用说了，性格爽朗，什么星座、生肖、股市、政治，话题变化不断，两人虽然谈不上交心，但气氛倒也还算活络。

"咦？谭先生，你吃三明治也不喜欢用酱料？"魏琳像是突然发现了新大陆，好奇地盯着对方。

"对，我不喜欢任何酱。"谭森宇拿起三明治，咬了一口，即便是这个动作也透着优雅。

魏琳的目光在谭森宇和许若唯身上转了两圈，不怀好意地笑了起来。

连习惯都一样？还说这不是缘分！

"赶紧吃吧，我只有一个小时。"许若唯知道她想说什么，连忙把果汁塞给她。

魏琳嘿嘿地笑了两声，目光又落在谭森宇身上，试探性地问："谭先生，你喜欢牛排吗？配一点儿红酒？"

"我觉得白萄酒口感更好。"谭森宇挑了挑眉，脸上笑容可掬。

魏琳的嘴巴张得大大的，她不敢相信地问："四分熟？"

谭森宇点点头，不明白她为什么惊讶。

魏琳咽了咽口水，一把抓住他的手，急切地问："你该不会也喜欢把吐司烤焦，然后涂蜂蜜吃吧？"

"对啊，这样有一种类似焦糖的口感。"谭森宇一本正经地点头。

"Oh，上帝啊！"魏琳直呼受不了，她的问题一个接着一个，"还有还有，喝完咖啡是不是要喝一杯奶茶？只吃鱼肚子的那部分肉？不喜欢洋葱，坚决不吃这玩意儿？"

她一口气将许若唯那些坏习惯都讲了一遍，眼睛一眨不眨地盯着谭森宇，等着他的答案。

谭森宇瞪大了眼睛，脸上露出不可思议的表情。他好奇地问："魏小姐，你怎么会这么清楚我的生活习惯？"

魏琳"啊"了一声，随即捂着肚子笑起来，促狭地朝许若唯使眼色。

谭森宇不明所以，疑惑地看着许若唯。许若唯的震惊丝毫不少于魏琳，

爱的天空
下雨了
The sky of loving is raining

她没想到谭森宇竟然有这么多习惯和她一样。

"Vring，你不要再笑了！"许若唯被她看得又羞又恼，低声提醒她。

"我实在忍不住。"魏琳的笑声根本停不下来，她朝谭森宇挤眉弄眼地说："谭先生，我不是熟悉你的生活习惯，这可都是Olive的坏毛病，对吧？"

谭森宇惊呼道："真的吗？这也太巧了。"

许若唯羞窘得恨不得把头埋进餐盘中，魏琳笑眯眯地逗她："Olive，你不觉得这太巧了吗？"

许若唯偷偷在她腰上掐了一把，对着谭森宇笑道："Vring经常说我生活习惯不好，看来谭经理和我一样。"

谭森宇的目光闪了闪，眼底多了一丝兴味："许小姐的德文说得不错。"

他先前以为她不过是个做事莽撞的销售员，不过她的气质实在太干净，不像是清苦人家出身的，更何况她的德文讲得如此地道。

许若唯愣了一下，她下意识地叫了"Vring"，而"Vring"这个词确实是德语名，没想到谭森宇会留意到这个细节。

"当然了，Olive在国外的时候可是……"

魏琳刚开口，许若唯连忙打断了她，拿起三明治往她嘴里塞，急急忙忙地说："Vring，你快点儿吃，我等下要上班了。"

谭森宇看着两人的互动，笑了笑，识趣地没再追问。

许若唯刚松了一口气，身后突然又冒出来一个声音，"谭经理，真巧啊！"

今天到底是什么日子啊？许若唯心里暗暗叫苦，怎么连柜台经理也来凑热闹？她一边想，一边慢慢地转过身，果然，周曼妮踩着10厘米的高跟鞋，妖娆地朝他们走了过来。

谭森宇的眉头皱了一下。

"谁啊？"魏琳低声问道。

还不等许若唯回答，周曼妮已经捡着空下的那个位子坐下了，正好挨着谭森宇。她昂着下巴，目光在许若唯和魏琳身上转了一遍，语气有些不满："这是谁啊？"

许若唯愣了愣，随后才反应过来她问的是魏琳，连忙回答说："是我的朋友，我们刚好遇到了谭经理，所以凑巧坐在一起了。"

"这样啊，我说呢，午餐时间只有一个小时，你还有心情在这里谈天说地。"周曼妮轻哼了一声，不再搭理她们，转而和谭森宇套近乎。

对方如此目中无人，魏琳心里不爽，许若唯在桌子底下踢了她一脚，低声说："别闹了。"

魏琳咬着吸管，直勾勾地盯着周曼妮，看她举止矫情，大致也知道了她是想勾搭谭森宇。

"你干吗？"许若唯暗暗捅她的胳膊。

魏琳压低了嗓音："就她那样还想勾搭你们经理？我倒觉得姓谭的对你比较有兴趣。"

许若唯无语了，狠狠地瞪了她一眼，低声告诫道："别多事了，她是柜台经理，回头会给我小鞋穿的。"

"我最喜欢涂番茄酱了，谭经理，你可以试试看嘛。"周曼妮热心地建

议。

谭森宇被她缠得烦不胜烦，看到许若唯和魏琳咬耳朵，不动声色地转移话题："许小姐，你们在聊什么呢？"

"哦，我们觉得这里的三明治不错。"许若唯随口扯了一句。

周曼妮不满许若唯打断了自己的话，正要开口，谭森宇笑着建议："周经理，这家店的三明治的确不错，你也试试？"

"光顾着聊天了，我这就去点单。"周曼妮听闻立刻喜笑颜开，起身离开。

在她走后，余下三个人同时松了一口气，等看见彼此的反应，又不约而同地笑了。

谭森宇擦了擦嘴，笑着说："午餐很愉快，有机会再见。"

"嗯。"许若唯点点头，没说什么，倒是魏琳热情地挥了挥手，答道："会有机会的。"

谭森宇离开时，目光掠过许若唯，然后大步向门口走去。

过了一会儿，魏琳和许若唯也打算走人，周曼妮端着东西匆匆返回，看到只剩下她们两个人，明显愣了一下，然后尖声问道："谭经理呢？"

"奇怪，我又不是他的保镖，我帮你看着他啊？"魏琳没好气地回了一句。

周曼妮气急败坏，瞪着眼，几乎要喷出火来，转而望向许若唯，声音中透着凌厉和质疑："你怎么会认识谭经理？"

"只是恰好遇到，我第一天上班没带饭，附近的餐馆又贵人又多，就这里还好一些。"许若唯极力撇清关系。

"真的？"周曼妮的声音不自觉提高了几度。

许若唯心里苦笑，估计这柜台经理是看上谭森宇了，在这里刺探敌情呢。天地可鉴，她完全没有那个心思。

"周经理，我和谭经理真的不认识。"许若唯诚恳地解释，"您看，这上班时间快到了，我就先走了。"

周曼妮将信将疑，她对许若唯没什么好感，娇滴滴的，哪里像是安分的人？就冲着那张脸蛋，她本来也是绝不会录用许若唯的，只是当时刚好缺人手。

想到这里，周曼妮眼中又多了一丝不屑，她傲慢地冲许若唯点点头："去吧，下次别穿着制服来餐厅，弄脏了影响我们专柜的形象。"

这分明就是骨头里挑刺，魏琳气不打一处来，就要和周曼妮理论，许若唯连忙拉住了她。

周曼妮丢下话，踩着高跟鞋走了。

"Olive，你也太好欺负了，这种恶女人，你就应该狠狠地凶回去嘛！"魏琳气得直跺脚。

"好啦，你别这样。"许若唯拍了拍她的肩，笑着安慰，"忍一忍就好了，何必挑事呢？她可是我的上司。"

"Vring，你太善良了。"魏琳无言地看着好友，觉得对方真的变了，经过那些不幸的经历，许若唯变得越来越坚强，也越来越懂得人情世故，不再是从前那个无忧无虑、天真烂漫的姑娘。虽然她这种变化无疑是好的，但是站在好朋友的角度，魏琳难免觉得心疼。

许若唯没有察觉到魏琳的心思，她急着赶回商场，只是出了店没多远，

视线便被一辆停在转角的车吸引过去。

许若唯倒不是被这款车吸引了，她只是觉得眼熟，这车似乎有点儿像早上堵车时停在路口的那辆。想到这里，一张熟悉的侧脸瞬间浮现在许若唯的脑海里。

难道这么巧？许若唯犹豫了一下，慢慢地朝车子走近。

车里似乎没有人，许若唯松了一口气，见车窗半开着，她大着胆子凑上前，趴在窗子上往里瞅了两眼。

驾驶座的前方挂着一个小小的暗黄色香包，可能是时间久远的缘故，香包上缠着的丝线都已经褪色了。

许若唯一愣，按在车窗上的手也忘了收回来。

"家晨，这是我特意从寺庙里求来的香包，开过光的，能保佑你平安哦。"许若唯献宝似的拿出一个缠着五彩丝线的香包，笑眯眯地递给厉家晨。

"傻瓜，这些都是骗人的。"厉家晨好笑地刮了刮她的鼻子，眼神里满是宠溺。

许若唯噘起嘴说道："你带着嘛，至少我的心意是真的。"

"好好好，听你的。"厉家晨无奈地笑了笑，一把将她按在怀里，温热的吻落在她耳边，"既然是你的心意，以后我走到哪里就带到哪里。"

"一言为定。"

回忆就像自己长了脚，慢慢地爬了出来。许若唯盯着那个褪色的香包，心里的伤感一阵接着一阵。厉家晨居然还留着她送的东西？

"许小姐对我的新车有兴趣？"突然，一个冷漠的声音从头顶传了过来。

许若唯一愣，迅速地转身，看着来人，她结结巴巴地说："你，你怎么在这里？"

厉家晨不知何时站到了她身后，沉着一张脸，居高临下地看着她，眼底闪着幽幽的光。许若唯不自觉地想往后退，可是她本来就靠着车子，此时已是退无可退，整个背都抵上了冰冷的车身。

"许小姐，该问这句话的是我吧？"厉家晨慢慢走近，俯下身，一手撑在车上，将她困在自己胸前。

气氛顿时变得微妙而暧昧，许若唯仓皇地低下了头，厉家晨看着她乌黑的头发，脸上的神色有些复杂。

意外的久别重逢，他表面强装镇定，告诉自己她和他已经没关系了，可心里还是放不下。明明已经走了，却又去而复返，在心里给自己找了无数个借口想约她出来，谁知道却撞见她和别的男人在一起，笑颜如花。

"我，我就是随便看看。"许若唯深吸一口气，抬起头，直勾勾地看着厉家晨，轻声说道，"我上班要迟到了，请你让开。"

两人隔得太近，他温热的气息仿佛就落在她脸上，许若唯觉得有点儿燥热。

"让开？"厉家晨不仅没有松手，反而一把搂住了许若唯的腰，低声呢喃道，"若若，我记得你以前很喜欢的。"

熟悉而久违的称呼，让两人都有些恍惚。

她娇小的身体靠在他胸前，微微颤抖，引得心里莫名地痒，就像梦里的场景一样。

厉家晨胸口热热的，他低下头，将头埋进她馨香的发间，再一次温柔地呢喃道："若若。"

许若唯浑身一震，记忆如排山倒海般地涌来。她暗骂自己，他们早已陌路，她却因为过往的昵称而差点儿沉溺。

"厉家晨，你别这样。"许若唯伸手去推他，眼底是哀恸和恳求。

他已经毁掉了她的爱情，难道他还要毁掉那点儿记忆吗？

她抗拒的动作在厉家晨眼里就是一种决然，和过去毫不犹豫划清界限的决然，他只觉得心头一阵烦闷，加重了手上的力道，将她死死地扣在怀里。

"厉家晨，你放开我！"许若唯又急又羞，奋力在他怀里挣扎，带着哭腔嚷道，"我们已经没关系了！"

"那你和谁有关系？他吗？"厉家晨眯起了眼睛，紧紧抿着的嘴唇有一种冷凝的线条，迷人而危险。

许若唯根本不明白他说的是谁，对方的怒气来得莫名其妙，她完全不知道怎么应对，只是下意识地想要挣脱。

她的动作落在厉家晨眼里，就是一种心虚的默认。他不想承认心底那份汹涌的感觉是吃醋，刚才那一幕又浮现在脑海里——她和陌生男人谈笑风生。难道那个男人是她的新欢？她这么抗拒自己，也是因为那个男人？

一股无名火窜了上来，厉家晨紧紧地钳着她的腰，低下头，毫不温柔地覆上了她的唇。

"你在干什么？"许若唯惊呼一声。

他趁势撬开她的唇舌，霸道地纠缠，不给她任何反应的机会，邀她和他一起共赴这缠绵而火热的吻。

许若唯无力地捶打他的肩，可他放在她腰上的手越来越用力，她无可奈何，只能发出无力的祈求。

空气似乎也渐渐热了起来，两人的呼吸交织在一起。

这个吻唤醒了两人在一起的美好时光，许若唯的心软了下去，她推拒的动作停了，慢慢地伸手抱住了厉家晨的脖子。

"若若，你对我还是有感觉的。"厉家晨感觉到她的软化，轻轻地咬了一下她的耳朵，看她瞬间红了脸，他低低地笑，透着得意和满足，"口是心非的家伙，说，他也会这样对你吗？"

想到刚才那个气质不凡的男人，厉家晨顿时红了眼，落在她唇上的吻也变得粗鲁起来。他故意咬她，既希望她回答，又不愿听到失望的答案，这种矛盾让他的语气变得恶劣："你怎么不说话了？若若，和别的男人在一起，你也是这样吗？"

就像一盆冷水从头到脚淋了下来，许若唯遏制不住地打寒战。她悲哀地想，难道就因为她放不下那段过往，就因为她对他还有感觉，她就活该被羞辱吗？

厉家晨丝毫没有留意到她的异样，想到别的男人可能也这样抱着她吻着她，他心里就不是滋味。

"啪"的一声，许若唯使出浑身的力气，狠狠地扇了他一个耳光。

一滴泪缓缓从眼角渗出来，她咬着唇，恨恨地盯着他："厉家晨，你是个浑蛋！"

她扔下话，一把推开厉家晨，头也不回地跑开了。或许是太过讶异，厉家晨竟任由她逃脱，半晌才反应过来，脸上被她打过的地方仍隐隐作痛。

后悔、懊恼、自责，还有深深的无能为力，太多的情绪从他眼里闪过。

因为这意外的小插曲，许若唯整个下午都有些心不在焉，惹得赵丽不停地向她追问。她的情绪明显不高，红着眼眶，只好借口昨天睡得晚，精神有点儿不济。

好不容易熬到下班，回了家，魏琳在厨房里，看到她，兴致勃勃地说："Olive，我今天做了寿司，你要不要试试？"

"我先去冲个澡。"许若唯不敢让她看出异样，应付了几句，拿着衣服进了浴室。

雾气腾腾的浴室里，镜子上的那个人满脸怅惘。

许若唯摸着唇角，心里一阵发苦。为什么过了这么久，她对他还是无法免疫？他的声音，他的触感，他的吻，所有的这些都仿佛有魔力，时时刻刻蛊惑她，只要一个不小心，随时就会重蹈覆辙。

你是好了伤疤忘了痛吗？许若唯暗暗告诫自己，这个男人在你最需要的时候转身离开，你为什么还要留恋？他早就不是那个温柔地把你当成公主的厉家晨了，他现在就是一个强势又目中无人的浑蛋！

"Olive，你没事吧？"魏琳的声音传了过来，"你都进去一个小时啦！"

"我没事。"许若唯应了一声，朝着镜子挤出一个笑容，在心里给自己打气。

没事的，一切都会好起来的，今天只是个意外，他和自己也不会再有交集了。

也许是上天听到了许若唯的祈祷，日子真的平静下来，那次的相遇似乎也真的只是偶然，她的生活再次回到了正常的轨道。

忙碌了一个星期，周末即将到来，商场的人流也越来越大，尤其是周五的下午，通常是最忙的时候。眼看快到换班时间了，许若唯暗暗松了一口气。一天站下来，穿着高跟鞋，小腿早就受不了了，又酸又痛。

"对了，小唯，下班之前记得去领你的工作服。"赵丽已经开始收拾东西了，只等着接班的同事来。

许若唯点点头，这几天她一直穿着赵丽的工作服，多少还是有些不方便。

两人正在说话，柜台前走来了一个客人。

"咦，宋小姐？"赵丽热情地迎了上去，笑着和对方打招呼，"您这次想看点儿什么？"

宋文薇？许若唯下意识地望了过去。

宋文薇依然化着精致的妆容，笑容明媚，她径直走到许若唯的跟前，笑着说："许小姐，你上次推荐的手链我很喜欢，我想再挑一对耳环，不要太浮华，和手链搭配就行。"

"好啊。"不知怎的，看到宋文薇的笑容，许若唯有些不自在，或许她潜意识里对厉家晨的女友存在敌意？不过，事到如今，她又有什么好介意的呢？

甩开脑中荒唐的想法，许若唯耐心地为宋文薇挑选耳环。宋文薇站在柜

台前，静静地看着她灵活而纤细的十指，不知道为什么，她总觉得这个许若唯不简单，一点儿也不像寻常的销售员。

"宋小姐，您是要出席宴会吗？我们可以根据不同的场合推荐不同款式的耳环。"赵丽倒没有留意两人的异样，忙着推销。

宋文薇眼睛一亮，笑容又明艳了几分，她的身体向柜台倾了一下，凑近许若唯，笑着说："我晚上有个私人约会，呃，就是上次你们见过的那位。"

许若唯将选好的款式一一拿出来，笑着让她挑选："这几款都不错，宋小姐，你颈部的线条非常美，流苏的吊坠会突出这部分的视觉效果，蓝钻和你的手链是同一个色系，不会有冗杂的色感。"

宋文薇倒是第一次尝试长坠子的耳环，她对许若唯挺信任的，由着许若唯帮自己试戴，还不时和她搭话。

"宋小姐打扮得这么美，真是女为悦己者容啊。"赵丽在一旁打下手，笑着打趣道，"小唯，你可得好好帮宋小姐挑哦。"

宋文薇露出浅浅的笑容，嘴角的弧度娇羞而迷人："我相信许小姐的眼光。"

"真让人羡慕啊。"赵丽感慨道。

许若唯听闻，正在替宋文薇戴耳环的手顿了一下，心里涩涩的，露出了一个自嘲的笑容，很快又恢复如常，也跟着笑道："是啊，真让人羡慕。"

想到今天晚上的约会，宋文薇满脸娇羞，幸福的红晕久久不散，心情也十分好，转身对许若唯说道："许小姐长这么漂亮，应该有很多追求者吧？"

"对啊，小唯，你也赶紧找个男朋友吧。"赵丽笑嘻嘻地打趣，"像宋小姐一样，身边多个护花使者，多好啊。"

"许小姐还是单身吗？"宋文薇有点儿诧异，她眼角带着笑意，看着赵丽，"你别打趣我了，他还不是我的男朋友呢。"

"明眼人一看就知道，你们多般配啊。"赵丽心直口快地说了一句。

"谢谢，希望我们能像你说的那样。"宋文薇的笑容溢着娇羞，"今天晚上我们约会，如果他能告白就好了。"

"宋小姐真的很在乎自己的男朋友。"许若唯勉强维持着笑容。

"当你爱上一个人，你就会明白这种感觉的。"宋文薇轻笑道，"许小姐没有喜欢的人吗？"

许若唯嘴角的笑意渐渐淡了，她轻声回了一句："以前应该是爱过的，可是没什么结果。"

"你们分手了？"宋文薇明显很诧异，她看着许若唯，这个气质干净的女孩背后居然藏着这样一段悲伤的往事。

"嗯，他是我的未婚夫，我们差点儿结婚了。"许若唯掩下眼底淡淡的惆怅，冲她笑了笑，就仿佛在说别人的事情。

"那为什么会分手啊？"宋文薇和赵丽都好奇地盯着她。

"大概是因为没缘分吧。"许若唯不愿再多说，很快就转移了话题，"宋小姐，你看看喜不喜欢？"

纤细的耳坠不失精致，细碎的蓝钻更像是星光闪烁，完美地衬托了她洁白的颈部，更多了一丝女性的柔媚。

宋文薇的注意力立刻被吸引过去，她对着镜子左右看了看，笑道："许

小姐，你的眼光很好。"

　　镜子里的人柳叶细眉，娇艳如花，再加上爱情的滋润，简直让人妒忌。宋文薇享受着周围羡慕的目光，连声夸赞许若唯的好眼光，多给了好些小费，这才满意地离开了。

　　等宋文薇一走，赵丽立刻缠住了许若唯："小唯，你给我老实交代，我怎么不知道你以前居然还订过婚？"

　　"陈年往事，有什么好提的？我去一趟洗手间。"许若唯说完，转身离开。

　　空无一人的洗手间内，许若唯看着镜子里的人，眼底的怅惘浓得化不开。

　　原来真的是陈年往事了，现在的厉家晨有了新的女伴，现在的自己也不再是从前那个为爱痴狂的小女生。两年了，时间真是最伟大的魔术师，什么都面目全非了。

　　"厉家晨，再见。"许若唯慢慢露出一个笑容，对着镜子里的自己说，"我不爱你了。"

CHAPTER 第三章

03

THE SKY OF LOVING IS RAINING

爱上一个人，就以为能够一生一世

厉氏集团的大楼里，厉家晨再一次对着满桌的文件走神了。

见状，一旁的助理忍不住了，他扔了笔，一手松开领结，一手揽住厉家晨的肩膀，笑眯眯地说："你昨晚干什么去了？瞧瞧，这一下午走神好几回了，这可不像你。"

厉家晨故作镇定地合上文件，将他的手推开，冷声道："周言，你还有闲工夫来聊我的私生活？看来是太闲了，今天晚上留下来加班。"

"喂，你也太不够意思了吧？我这是关心你！"周言敲了敲桌上的文件，没好气地说，"大老板，我都连着加班一个星期了，你这是要榨干我啊！"

周言和厉家晨差不多的年纪，个头稍矮一点儿。同样穿着白衬衣和西装，但他整个人更阳光一点儿，说话时喜欢眯着眼睛，一咧嘴，露出整齐的大白牙。

厉家晨抬头瞪了他一眼，揉了揉太阳穴。最近公司刚好有个大案子，大家都忙得焦头烂额，他也连着加了好几天的班，一直没有机会再去找许若唯。

想到这里，他微微皱起了眉头。的确是刚巧赶上事多，但他潜意识里也有点儿找借口的意思，再次重逢，要说完全没有触动，那都是骗自己的，可是，他还没有想好怎么面对许若唯。

他揉着发疼的太阳穴，心里那股说不清道不明的躁动感又涌了上来。

"家晨，你到底怎么回事？"

毕竟是多年的老朋友，周言还是了解他的，厉家晨很少会有这样情绪外露的时候，应该是遇到什么事了。

"没事，我们接着讨论吧。"厉家晨摇摇头，试图将那些扰人的思绪都赶走。

周言不赞同地敲了敲桌子，刚要说话，秘书的内线电话打了进来。

"什么事？"厉家晨顺手按了免提键。

"厉总，宋小姐来了。"秘书的声音带着几分试探，"她说想邀请您一起吃晚餐，您的行程表上并没有安排，所以我让宋小姐先在休息室等着。"

秘书的心情很忐忑，谁都看得出来，这位宋小姐对厉总早已芳心暗许。虽然厉总没有亲自表态，不过两人的家世背景摆在那里，应该是八九不离十吧。所以尽管宋文薇没有预约，她也不敢得罪。

"知道了，我马上过去。"

厉家晨挂了电话，脸上的抑郁又多了一分，不过周言的笑容已经溢到嘴角了，他丝毫不掩饰自己的无聊，笑道："看来我是白操心了，原来你已经佳人有约了。唉，还是我命苦，回去自己煮包泡面吧。"

"你刚才不是还抱怨我压榨你吗？走吧，资本家请你去吃大餐。"厉家晨利索地收好文件，拍了拍他的肩膀。

又让他当电灯泡？

周言苦笑道："厉家晨，你老拿我当挡箭牌，我都怀疑文薇要恨死我了，你真不考虑她啊？人家好歹也跟在你屁股后面追了两年。"

"你瞎说什么？我只把她当妹妹。"厉家晨下意识地辩驳，眉头皱得紧

紧的。

两年，如果爱情真的能用时间来解释，那为什么过了这么久，他还是忘不了许若唯？

"不对劲，太不对劲了！"周言连连摇头，他走到厉家晨跟前，上上下下地打量，就像在看一个怪物似的。

这两年，大伙没少动这心思，想把厉家晨和宋文薇撮合在一起。虽然知道厉家晨没这意思，但也没见他正儿八经地把话挑明了，今天这么上纲上线的，肯定有原因。

"收起你那些乱七八糟的想法，走吧，去吃饭。"厉家晨给了他一个略带警告的目光，率先走出了办公室。

到了餐厅，厉家晨依然冷着一张脸。周言偷偷地推他，小声说道："拜托，看着你这张脸，我都吃不下饭了。"

厉家晨狠狠地瞪了他一眼。

"家晨，周言，你们在说什么呢？"宋文薇冲他们挥挥手，优雅地站起了身。

四人座的小包厢，宋文薇先入座，厉家晨长腿一迈，直接走到她对面，周言跟着坐在厉家晨身边。

"嘿嘿，还是文薇贴心，我们这星期都忙着加班，几天都没好好吃饭了。"周言开始大吐苦水。

宋文薇用眼角的余光偷偷瞄了一眼厉家晨，抿着嘴轻笑道："再怎么忙，也要按时吃饭呀。家晨，我记得你胃不大好，这几天有没有不舒服？"

"没事。"厉家晨随口应了一句，拿起面前的菜单，"吃点儿什么？这家的牛排不错，你们要试试吗？"

"好啊。"宋文薇微微一笑，柔声说道，"等会儿你还要开车，红酒就算了。"

厉家晨轻轻"嗯"了一声，目光依然落在菜单上，宋文薇的眼神闪了一下，嘴角的笑容淡了一些。

周言暗暗皱了皱眉头，他在桌子底下踢了厉家晨一脚，面上却笑嘻嘻地说："咦？文薇，你这副耳环很漂亮，新买的？"

"好看吗？"宋文薇下意识地摸了一下自己的耳坠，眼角的余光瞄到了厉家晨。

"挺好看的，家晨，是吧？"周言推了一下厉家晨，打趣道，"文薇，你眼光不错嘛。"

厉家晨挥手叫来服务员，将单子递给她，淡淡地扫了一眼宋文薇，附和道："还不错。"

宋文薇的笑容明显亮了起来，她扬起手腕，冲周言晃了一下，愉快地说道："看看，这手链也不错吧。"

周言对女孩的玩意儿完全不感兴趣，也没什么研究，随口说道："很好看。"

"这是我最近看中的一个牌子——Der Mond，他们家的珠宝很不错。"宋文薇拨弄着自己的耳环，歪着头，看向厉家晨，笑容明艳地说道，"家晨，就是你上次陪我去的那个专柜，记得吗？"

"Der Mond？"厉家晨一直没有参与他们两人的谈话，听到这个似曾相识的品牌，他微微皱起了眉头。

"对啊。"见他主动搭话，宋文薇的声音里多了一丝轻快，"你还记得那天的许小姐吗？这副耳环也是她给我挑的，我很喜欢。"

厉家晨突然抬起头，一声不吭地看着宋文薇，神色有些复杂。

"怎么了？"宋文薇不明所以，下意识地摸了摸自己的脸，难道有什么不对劲？

厉家晨放在身侧的拳头紧了紧，很快又松开了，他若无其事地转移视线，淡淡地说："没什么。"

宋文薇微微一笑，慢慢地搅拌手里的咖啡。

周言诧异地瞅了一眼厉家晨，敏锐地察觉到哪里不对劲，疑惑道："许小姐？"

"难得你会好奇，她叫许若唯，是个大美女哦。"宋文薇捂着嘴轻笑，冲周言挤眉弄眼。

"许若唯？"周言一惊，手里的咖啡杯没有拿稳，磕在桌子上，发出"哐当"的响声。是他听错了吗？许若唯？是他认识的那个人吗？

他立刻看向了厉家晨，难道说他已经见过许若唯了？

"周言，你这么惊讶干什么？"宋文薇奇怪地看了他一眼，"难道你认识她？"

周言整个人还处于震惊之中，结结巴巴地问："家晨……"

"周言，今天的案子我们讨论到哪里了？"厉家晨慢条斯理地喝了一口咖啡，似乎完全没有在听这两人的谈话。

"家晨，你搞什么？"周言一个头两个大，厉家晨没有听到他的话吗？许若唯啊，他现在压根不关心什么工作，只想弄清楚这个"许若唯"是怎么回事。

厉家晨瞥了他一眼，淡淡地说："记得给对方公司打电话，再和他们确认一下财务。"

周言有些奇怪，碍着宋文薇在场，他只得把满肚子的疑惑都咽了下去，笑着答应："放心吧，我记着呢。"

"周言，你看看，他就是个十足的工作狂。"宋文薇丝毫没有被怠慢的不悦，反而笑容可掬地和周言打趣，"所以，你知道我约他出来有多难了。"

她俏皮的话里带着一股小姑娘的爱慕和娇羞，话里话外都试探着厉家晨的反应。

厉家晨没有反应，周言嘿嘿笑了几声，讪笑着说道："家晨他就是这样的。"

看着厉家晨沉默不语的样子，周言心里的那些疑问突然都有了答案。

是了，原来是许若唯再次出现了。他亲眼见过厉家晨在那场爱情里一步步沦陷，那种心动不是宋文薇可以给的。

这一顿饭，三人各怀心思，等出了餐厅，外面不知道什么时候下起了雨。

厉家晨去取车，周言和宋文薇站在大门前。漫天雨幕里，那个英挺的背影渐渐模糊，周言似乎在自言自语："这两人还真是有缘分。"

"你说什么？"伴着雨声，宋文薇没听清楚。

周言耸耸肩，笑道："夏天快过去了吧，这雨一时半会儿停不了。"

这一场雨断断续续下了两三天，带着一点儿秋天要来的意味，微微透着凉。

与此同时，百货商场里，赵丽正苦着一张脸抱怨："最讨厌下雨了，湿答答的，挤公交车多不方便啊。"

"你是担心花了妆，吓到相亲对象吧。"许若唯笑着打趣。

赵丽最近一直在忙着相亲，她今年刚好满二十五，家里催得急，七大姑八大姨的都给她排满了相亲行程。

"你别取笑我啊。"赵丽义正词严地教育她，"小唯，你得抓紧了，要不然到时候一大波相亲对象等着你呢。"

赵丽苦口婆心地上了一番教育课，想起约会，又急急忙忙地往外冲，还不忘问许若唯："你带伞了吧？"

"你赶紧去吧，别管我了。"

许若唯一边催赵丽走，一边拍了拍包，她历来有带伞的习惯，这大概是在英国小住的时候养成的。只是等她出了商场大门，翻开包，才想起早上出门太急忘了带伞。

看来她只能等雨停，或者雨小些再离开了。

"咦？许小姐，你忘了带伞吗？"忽然，一个熟悉的声音从身后传来。

许若唯闻言回过头，看见谭森宇一副刚下班的样子。

人来人往的百货商场门口，许若唯一身白色连衣裙，亭亭玉立，站在那里有些显眼，谭森宇立刻认了出来。

"嗯，我等雨小点儿再走。"许若唯点点头。

谭森宇暗暗皱了一下眉，他看出许若唯的不自在，不过这雨下得挺大，也不知道什么时候停。

"我送你吧。"谭森宇向前走了两步，将雨伞移到她头顶。

"不用不用，太麻烦您了。"许若唯连连拒绝，看着他不赞同的神色，有些为难。毕竟对方是好意，但是她不习惯麻烦别人，尤其对方还是她的上司。

许若唯咬了咬牙，拿出手机，说道："我让朋友来接我好了，谭经理，真的不用麻烦您。"

谭森宇微微诧异她的固执，很显然，她并不喜欢受人恩惠。他原本只是出于礼貌，这会儿倒有点儿对她刮目相看的意思，现在像她这样的女孩可不多了。

许若唯以为他听了自己的话会离开，见他还杵在那里，她只得硬着头皮打了魏琳的电话。

"Olive，你回家了吗？"魏琳那头有点儿吵，不时夹着几声争执。

"你还在杂志社吗？"许若唯听出了门道，她不得不感叹自己的坏运气，"你今天要加班吗？"

"对啊，这期的杂志封面出了点儿问题，大家都得留下来加班。"魏琳抱怨了几句，这才后知后觉地问，"Olive，你是不是有什么事？"

"没事了，你快去忙吧。"许若唯不可能让她翘班来给自己送伞，她安抚了魏琳几句，匆匆挂了电话。

尽管她交谈的声音不大，可谭森宇站在她身边，自然听得清清楚楚，眼里不觉浮现出一丝好笑的神色。

许若唯拿着手机，在谭森宇的注视下有些尴尬。

"为美女服务，是每个绅士的荣幸。"谭森宇轻快一笑，"许小姐，不如给我这个绅士一个机会？"

许若唯脸一红，他这么说，倒显得自己将他想得多坏似的。

"那麻烦您了。"

"不麻烦，我还得感谢许小姐给我这个做雷锋的机会，我向组织保证，一定做完好事不留名。"谭森宇伸出右手，示意她走在前面，随即将伞挪了

过去。

　　许若唯由衷地笑了，谭森宇修养极好，就算是俏皮话也说得很有风度，三言两语打消了她心里的尴尬。

　　坐上谭森宇的车，许若唯再一次向他道谢："谭经理，真是麻烦您了。"

　　"许小姐，你太客气了。"谭森宇一边打着方向盘，一边和她闲聊，"我们也别经理小姐的叫，太生疏了，我能称呼你小唯吗？"

　　"当然可以。"他丝毫没有上司的架子，许若唯觉得和他聊天也很轻松。

　　"小唯，你先前做过销售吗？"谭森宇暗暗从后视镜里打量着她，心里的疑惑越来越深。许若唯气质不俗，看得出来教养也很好，实在不像一般的女孩。

　　许若唯摇摇头："是我的工作哪里有疏忽吗？"

　　"不，是你表现得太好了。"谭森宇轻笑，侧头给了她一个安抚的眼神，说道，"我看了你上个星期的表现，很不错。"

　　"你过奖了。"许若唯不好意思地低下头。

　　"你对Der Mond很了解，应该是对珠宝有一定研究吧，我还以为你以前也做过销售。"谭森宇一边说，一边留意她的神色，试图从她的反应中看出点儿什么。

　　许若唯低着头，长长的睫毛微微一颤，半晌什么话也没有说。

　　谭森宇不动声色地转移了话题，笑道："我记得你德文说得很好，怎么样，有兴趣和我说几句吗？"

　　"谭经理，你也精通德语？"许若唯果然被吸引了。

"精通谈不上，会几句。"谭森宇看着她兴致勃勃的模样，笑着说道，"我去德国旅游了几次，还不错，你呢？喜欢德国？"

"我大学就是在德国念的。"许若唯笑了起来，说起了在德国的趣事，"我第一次到德国，迫不及待去看柏林墙，开车自驾，花了一个下午，结果特别失望，和想象中很不一样。哈哈，现在想起来挺好玩的。"

"你大学是在柏林念的？"谭森宇挑了挑眉，有点儿诧异。

"对啊，不过我可不是一个好学生。"许若唯想起无忧无虑的大学时光，语气十分轻快，"大学那会儿光顾着玩了。"

"我猜你应该主修的是文学或者艺术吧。"谭森宇笑着打趣，她身上的气质很干净。

许若唯摇摇头，说道："我主修的是经济。"

看到谭森宇怀疑的脸色，她笑着解释道："我的确没有这方面的天赋，念得一塌糊涂，都怪我爸，他非得让我选这个专业……"

说到这里，她像是想到了什么，话音戛然而止。

"怎么了？"谭森宇见她突然不吭声了，疑惑地回过头。

许若唯压下心里的苦涩，摇了摇头，挤出一个笑容。

都是她年少不懂事，如果能够早点儿懂得父亲的苦心，她就不会眼睁睁地看着一切悲剧发生而束手无策了。

许若唯没回答，谭森宇也识趣地没有再追问，猜测对方也许是想到了什么不好的往事。

在德国念大学，对珠宝有了解，气质不俗，这些条件一一列下来，许若唯怎么看都不是普通女孩。

"你这么漂亮，大学的时候一定有不少人追吧。"谭森宇试着调节气

氛。

许若唯扯了扯嘴角，挤出来的笑容有点儿难看。她没有再说话，将视线转向了窗外，看着那些一闪而过的风景，记忆也跟着闪现出来。

她长得漂亮，性格好，念大学的时候有很多人追。可是，她人生第一次心动却不是在国外。

沉沉浮浮的回忆，时而像猛兽汹涌而来，时而又缠绵得让人难以呼吸。

许若唯不知不觉地伸出手，揪住了藏在衣服下的戒指吊坠，眼眶开始发热。

那时候多年轻啊，爱上一个人就以为能够一生一世。

"小姐，你别哭了。"看着四处都贴着封条的家，福伯劝慰道，"谁知道事情会弄成这样呢？小姐，要不你还是出国吧？"

出国？许若唯抹着眼泪，六神无主地看着福伯。

许氏集团一夕之间垮台，许安伟进了监狱，往日那些阿谀奉承的人现在都躲得不见踪影，而许家的亲戚现在基本上都已经不上门了，唯恐和她扯上什么关系。她的卡被冻结了，身上现金不多，出国谈何容易？

"小姐，我这几年还存了一些钱，你都拿去吧，别待在国内了。"福伯在许家也待了二十多年，遇到这样的变故，一下老了很多，脸上更见沧桑。

许若唯连连摇头，福伯受他们牵累，一把年纪了只能回乡下养老，她说什么也不会要这笔钱。

"福伯，您的钱我不能要。"许若唯推开福伯递过来的存折，鼻子一酸，险些又要掉眼泪。

她不能再自怨自艾了，家里出这么大的事，她一点儿忙也帮不上，现在还要福伯来替她操心。

"可是，小姐……"

"福伯，您不用担心我，您回老家去吧。等我安定下来，会去看望您的。"许若唯强忍着泪水，笑着对福伯说，"我还可以去找家晨啊，他肯定会帮我的。"

"小姐，你联系上厉先生了？"福伯又惊又喜，出事的这两天，许若唯一直在给厉家晨打电话，可是怎么都联系不上。

许若唯的目光闪了闪，很快，她又露出一个笑容，声音坚定地说："可能他出了什么状况吧，福伯，我会联系上他的！"

本来两人都约好了，双方家长见面后，就讨论结婚的事宜。现在家里出了这样的事，她不仅没有及时赴约，还给了对方一个措手不及的重磅消息，厉家晨大概很头疼吧，他也许是生气了。

"可是……"许家的新闻闹得沸沸扬扬，厉家晨久久不露面，福伯自然明白这其中的意思，不过看着许若唯满脸的期冀，他又不忍戳穿，到嘴边的话又咽了回去，委婉道，"明天法院就来收房子了，小姐，我们还是先想想办法吧。"

"福伯，您去收拾行李吧，我现在就去找家晨！"许若唯心中忐忑，可在福伯面前，她只能极力掩饰，强颜欢笑道。

"小姐，现在太晚了……"福伯急了，颤声说道，但是许若唯早就冲了出去。

许家的别墅位于半山腰，往日出门都有司机接送，这还是许若唯第一次徒步下山。

不知道是不是因为心理原因，临近黄昏，阳光此刻显得特别凄凉，透过

层层叠叠的枝丫，落下一些冷冷清清的暗影。在白天里看起来很美的山林，这时候突然变得诡秘，四周一片死寂，只有无数道相互交映的影子，被拉得很长很长。

许若唯走着走着，泪水便大颗大颗地往下砸，她并不害怕，但她不知道自己为什么哭，又或许她只是忘了害怕。此时此刻，她满脑子只有一个念头，那就是找到厉家晨。

她告诉自己，一切都会好的，只要找到厉家晨，一切都会好的。厉家晨就像是这山林下的一盏灯火，也许他就在前方等着她，尽管这个"也许"微乎其微，却是此刻能支撑她的动力。

她跌跌撞撞地往山下跑，中途摔了一次，膝盖重重地磕在山路上，手掌传来一阵钻心的疼。她再也忍不住，坐在地上失声痛哭。

"家晨，你到底在哪里？"她有一种前所未有的委屈，就像摔疼的孩子，特别想要得到大人的安慰，可是怎么也找不到那个可以给她安慰的人，回答她的只有风声。

她哭了一会儿，又从地上爬起来，顾不上手心的疼痛，一心只想快点儿找到厉家晨。她不记得自己是怎么下山的，又怎么辗转找到了厉家晨的公寓，更加没注意天色已经完全暗了下来，就连那点儿残阳也消失殆尽了。

"家晨，你在家吗？"顾不得会打扰其他人，她急切地敲着门。

"小姐，你找谁啊？"也许是被吵得烦了，隔壁的人打开门问道。

"不好意思，我找厉家晨，就是这间屋子的主人，请问您知道他去哪里了吗？"她就像抓住了一根救命稻草，急切地问道。

"哦，你说厉先生啊？"对方打了一个哈欠，摇了摇头说道，"不知道，他应该好几天没回来了吧，也许是出差了吧。"

他的目光在许若唯身上转了一圈，充满了疑惑和戒备。

大半夜的，任谁看到一个年轻女孩披头散发、神情狼狈，都会觉得奇怪吧，更何况她手上脚上都带着伤。

她失魂落魄，连谢谢都忘了说，整个人就像被抽了筋骨般，软软地靠着那扇门滑了下去，无力地瘫坐在地上。

也许是对方觉得她有点儿可怜，多嘴说了一句："小姑娘，你不会是被他甩了吧？"

许若唯似乎没有听到他的话，眼神空洞，整个人缩成一团，埋着头低低地抽泣。

"你别在这里哭啊，大半夜的，让不让人睡了？"那人有些不满，看她这样，也不好说什么，嘟囔道，"你要不要去他的公司看看？也许他同事知道他在哪里呢。"

听到那人的话，许若唯的眼泪流得更凶了，她甚至不知道厉家晨在哪家公司上班。

对方等了一会儿，见她哭个不停，也没什么反应，只得抱怨两句，转身关上了门。

一天，两天，许若唯在这扇门前等了两天。这期间，她还找遍了所有厉家晨可能出现的地方，比如他们经常约会的江边，他最爱的咖啡馆，他们相约碰面的老地方，他们第一次见面的街头，还有他向她求婚的餐厅。可是厉家晨就像是人间蒸发了一样，她再也找不到他了。

刚开始她还抱着幻想，也许在哪个街角，在哪一分钟，厉家晨突然站到她跟前，抱住她，温柔地跟她说"没关系的，一切还有我"。可是，她用完了身上所有的现金，身无分文，回到厉家晨的公寓，等待她的依然是一扇紧

闭的门。

"家晨，你到底去哪里了？"许若唯慢慢地靠着墙壁蹲下来，心里涩涩的，眼里却再也没有眼泪了，她想她大概已经把所有的眼泪都流光了。

等许若唯浑浑噩噩地回到家里的时候，福伯已经走了，客厅放着福伯替她收拾的行李箱。她没有力气再多想，胡乱冲了澡，昏昏沉沉地睡了过去。

零碎的梦境是被法院工作人员吵醒的，许若唯冲出房间，震惊道："你们是谁？怎么会有我家的钥匙？"

"许小姐，我们已经找了你两天。"对方毫不留情，冷声道，"这栋房子马上就要拍卖了，麻烦你尽快搬出去，不要再拖延了，否则我们只能采取法律手段。"

许若唯的身子晃了晃，险些摔倒，她双手紧紧地抓住了栏杆，尽力克制内心的波动："我知道了，我今天会搬出去的。"

她失魂落魄地回到房间，第一件事就是去看手机，只是空白的屏幕就像一个嘲笑的鬼脸，充满了说不出的讽刺——没有一个电话和信息，厉家晨真是彻彻底底退出了她的世界。

醒醒吧，许若唯！她露出自嘲的笑容。所有的幻想都应该醒了！你就是个彻彻底底的傻瓜，不顾一切地扑入这场爱情里，却不曾好好了解过对方的一切，坚信着只要有爱就足够，看吧，这就是报应！

现实和回忆重合在一起，许若唯闭上眼，心里那一股酸意突然如排山倒海般涌来。那个时候，如果不是魏琳联系上她，她真的不知道自己会何去何从。

"小唯？"谭森宇开口道，拉回了许若唯的思绪。

　　"不好意思，我走神了。"许若唯飞快地眨了眨眼，将眼底的水光掩饰下去，抬头看了一眼窗外，原来是她住的地方到了。她连忙推开车门下了车。

　　"大概是和我聊天太无趣了。"谭森宇也跟着下了车，风趣地说道，"你没有睡着，已经很给我面子了。"

　　许若唯听闻莞尔一笑，很感激对方的贴心和幽默："我到了，今天真是麻烦你了。"

　　"快进去吧。"雨虽然停了，空气里还是弥漫着凉凉的水汽，谭森宇冲她挥了挥手，返回了车里。

　　看着车子走远了，许若唯收回视线，慢慢地朝公寓走去。

　　往常这个时间，小区人挺多的，也许是下雨天的缘故，今天倒显得冷冷清清。许若唯一开始没有在意，等上了楼梯，阴暗的过道里只剩她一个人，听着"噔噔"的脚步声，才不安起来。

　　前几天楼道的灯坏了，物业一直没有来得及修，这晦暗的天气让楼梯间更加黑了。她摸索着往楼上走，心跳渐渐快了。不知道是不是她的错觉，她总觉得身后好像有人跟着她，时快时慢，几乎和她同步。

　　走了一会儿，她实在不放心，停下来仔细听着，许久也没听见什么动静，才松了口气，暗骂自己想多了。可谁知她刚迈步子，身后又传来了脚步声。

　　"啊，是谁？"许若唯尖声叫了起来，"出来！"

　　"许小姐啊？是我，你别怕。这物业真是不负责，黑黢黢的，下个楼都不方便。"

　　许若唯手心都出了汗，她咳了两声，说道："王阿姨，是您啊？"

　　楼上慢慢走下来一个中年妇女，黑暗中只能看到模糊的轮廓。她一边下楼一边念叨："是啊，我去买菜，唉，这灯什么时候能修好啊？"

　　跟王阿姨道别后，许若唯好笑地拍了拍胸口，一边自嘲地摇着头，一边掏出钥匙开门。

　　"咔嚓——"开锁声响起，她刚把钥匙拔下来，背后突然涌来一股力道，迫使两人朝屋里倒去。

　　许若唯大惊，一时间忘了呼叫，直到她被人抵在墙上，门也"咚"的一声关紧，才猛然回过神。只是奈何此时她已经叫不出口了，因为对方扣住了她的头，狂乱的吻也跟着落了下来。

　　许若唯拼命挣扎，对方似乎感受到她的惧怕，粗暴的动作忽然变得温柔。

　　这个吻熟悉又陌生，许若唯由抗拒、追逐、抵触，慢慢变得缠绵，两个人的呼吸也交缠在一起，连彼此的心跳都清晰可闻。

　　察觉到她态度的转变，厉家晨的动作更加温柔。他低下头，追逐她柔软的唇，一点点逗弄，似乎又回到了两情缱绻的时候，因为她柔弱娇怯的姿态，厉家晨心里的火气渐渐淡了下去，反而生出许多往日的柔情。

　　"若若，若若。"间隙中，他低喃道。

　　听到这种近乎于得意和宠溺的语气，许若唯霎时清醒，就像迎头淋了一盆冷水。她心一横，猛地咬住了对方的唇，带了一点儿发狠的意味。

　　是她控制不住自己，是她还被回忆里的温情围困住，才让他有恃无恐，一次又一次地羞辱自己。

　　厉家晨，你怎么能这样对我！

许若唯的抗拒太过明显，也意识到自己的行为或许会让对方难堪，厉家晨终于松了手。

许若唯的眼角缓缓滑下一行清泪，刚才所有的害怕和无助，此刻不由自主的沉溺和暧昧，让她无比痛恨自己。

"厉家晨，你这个浑蛋！"许若唯喘着气，在墙壁上一阵摸索，很快就找到了灯开关，屋子里的黑暗被驱散，两人顿时暴露在明亮的光线中。

"浑蛋？你刚刚不也喜欢我这个浑蛋做的事吗？"厉家晨似乎喝了酒，微微松了领带，眉头紧锁，英俊的脸上有几分躁意。

他伸手抹了一下嘴唇，淡淡的殷红色在灯光下有些刺目，但他毫不在意，反而是她眼里的抗拒和愤怒让他伤心。

听了他的话，许若唯的脸"唰"的一下白了，她指着房门吼道："滚！这是我的家，我不欢迎你！"

"不欢迎我，那你欢迎谁？那个小白脸吗？"说到这里，厉家晨的火气又蹿了上来。

他觉得自己可笑，他想着她，开了车来，却停在楼下不敢上前，纠结自己该怎样面对她，而她呢？却坐着别的男人的车，谈笑风生，依依不舍。

许若唯不知道心里是悲还是喜，她偏强地扭过头，不愿意回答，眼底却泛起了点点泪光。

"说话，为什么不回答？"她的沉默无疑是一种默认，厉家晨心里慌了，他低吼着，再次强势地搂住她，凑在她唇边低喃，"他是谁？"

"你有什么资格过问？"许若唯试图推开他，"我的事和你没有任何关系！"

　　"什么资格？我现在就告诉你，我有什么资格！"一种叫嫉妒的情绪瞬间吞没了厉家晨的理智，他一把钳住许若唯的手，霸道地将她扣在怀里，低头攫住了她的唇，没有任何温情，有的只是占有和宣誓。

　　许若唯泪流满面，她狠狠地捶打着他，一边躲藏，一边哭喊："厉家晨，不要让我恨你！"

　　厉家晨充耳不闻，强势的吻顺着她优美的脖颈一路向下。许若唯左右闪躲，厉家晨钳着她的肩，挣扎之间，她衣襟的布料"嘶啦"一声裂开了。

　　"厉家晨，你快住手！"许若唯颤抖着去遮挡，泪水流得更凶了。

　　"若若……"厉家晨的动作突然停住，他的目光紧紧盯着某处，复杂的情绪一闪而过，他哑着嗓子，低声问，"你还留着它？"

CHAPTER

第四章

THE SKY
OF LOVING IS RAINING

04

有太多的悲伤
需要眼泪来洗涤

是的，他看到她藏在衣服下的戒指吊坠，那是他当初跟她求婚时送给她的。

厉家晨想要仔细看看那枚戒指，伸出手，却发现自己的手竟然情不自禁地颤抖。

许若唯一愣，很快明白了他说的是什么。她微微侧开脸，一只手牢牢地握住那枚戒指，低声说："谁知道呢，或许是为了提醒我自己。"

厉家晨目光闪躲，突然不敢去看那双明澈如水的眸子。

许若唯淡淡一笑，不知道是自嘲还是讽刺，也许是先前那一番回忆给了她莫大的勇气，她直勾勾地盯着厉家晨，冷声说道："我就是不想好了伤疤忘了疼，留着这枚戒指，它能时时提醒我当初有多么愚蠢！"

"够了，不要再说了！"厉家晨低吼一声，一拳砸在了墙壁上，他赤红着眼，沉默地看着她，心底的伤痛和后悔丝毫不比她少。

"我就是傻，竟然会爱上你，竟然相信你会一直陪着我。"许若唯自顾自地说起往事，眼泪大颗大颗地往下流，"我真是疯了，满世界地找你，而你呢？你大概躲在背后看笑话吧？厉家晨，你不是已经决定抛弃我这个落魄的许家小姐了吗？为什么现在还要来招惹我？"

累积许久的情绪在这一刻尽数爆发，她哭得像个泪人，浑身都在颤抖，就像风中的落叶，一边哭，一边顺着墙壁缓缓坐了下去。

"若若。"厉家晨慢慢蹲下，试图将她抱在怀里。

"你走吧，不要再来打扰我的生活了。"许若唯抬起头，近乎哀求道，被泪水洗过的眼分外剔透，像是无辜的小鹿。

这句话无异于一把刀子狠狠在厉家晨心上划，面对这张泪水模糊的脸，除了后悔和悲痛，他居然说不出一个字。

他到底做了些什么混账事？这是他最爱的女孩，为什么他要一次次伤她？两年前是这样，两年后也是这样，可是，他心里明明不是这样想的！

"你别哭了，我走。"忍着心头剧烈的悲痛，厉家晨站起身，深深地看了她一眼，迈开步子往外走。

听到门再次关上的声音，许若唯再也忍不住号啕大哭起来。她不想深究心里的失落和无助，只想痛痛快快地宣泄一次。

隔着一扇门，厉家晨听着那阵哭声，心脏生出无数细小的疼痛，刺得他难以呼吸，偏偏他却无能为力。

他失魂落魄地下了楼，老天似乎也有些煽情，又下起了淅淅沥沥的雨，他有些自虐地站在雨里，任由雨水淋着，手机铃声响了一遍又一遍，他恍若未闻，不过对方似乎很有耐心，一次次地打过来。

"喂？"许久，厉家晨按下了接听键，连来电显示都没看。

"厉总经理，您不是去上洗手间吗？人呢？"周言没好气地嚷嚷，"有您这样压榨员工的吗？你真是资本家啊，一声不吭把客户扔给我，这算什么事啊？"

说起这个，周言就来气，今天下午约了客户谈生意，本来都好好的，中

途他走了一下神，随口说了句"外面这雨下得挺大的"，结果厉家晨看了一眼手表，坐不住了，说要出去一下，让他多留心。

周言还以为他出去抽根烟，或者去趟洗手间，谁知道这家伙竟然一去不复返了。

"你这太不厚道了，仗着自己是老板，随时翘班是吧？"周言毫不留情道，"知道我多不容易吗？那两个美国老板太难搞了。"

"谈得怎么样了？"厉家晨平复一下心情问道，拉开车门坐了进去。

"那还用问？有我出马，怎么会搞不定？"周言听着那头动静不小的摔门声，纳闷地嘀咕，"厉家晨，你在哪里呢？"

厉家晨没有吭声，被雨水模糊的车窗就像他此刻混沌的思绪一样，耳边似乎还回荡着许若唯伤心的哭泣声。

不是这样的，他明明是担心她淋雨，想要接她下班，为什么看到她和别的男人说笑，会莫名地动怒？为什么看到她上了别人的车，会失去理智，甚至一路跟踪，最后还忍不住恶言相向？承认吧，厉家晨，你就是在嫉妒，你就是嫉妒得发了狂！

厉家晨不敢再想下去，心里隐隐的躁动让他不安，生平第一次，他觉得自己的自制力就是个笑话。

"家晨，你有没有听到我说话？"周言在电话那头叫了好几声，"你到底在哪里？不会是在勾搭哪个美女吧？对了，文薇刚刚还打电话问我来着，她说打你电话你没接……"

"这次辛苦你了，回头我们出来喝一杯，我今天有点儿不舒服，先回去了。"周言的话还没说完，便被厉家晨打断了。

"哎，你怎么了？不会是胃病又犯了吧？又酗酒了？"周言还在电话那头聒噪，厉家晨已经利落地挂了电话，方向盘一转，很快消失在雨幕中。

同一时间，另一辆出租车朝小区缓缓开来，到了门口，魏琳拉开车门，迎面就被淋湿了。

"这雨还真大。"她嘀咕着，付了钱，一路小跑上了楼。

门铃响了两次，许若唯才缓缓回过神来。应该是魏琳下班了，她连忙擦了擦眼泪，从地上站起来，低头一看自己身上被撕破的衣服，慌忙收回脚步，转身又进了房间。

"Olive，我还以为你不在家呢。"魏琳掏钥匙开了门，看到许若唯慌张地从房间里跑出来，有点儿奇怪地说道。

许若唯掩饰地笑了笑，说道："刚刚在换衣服，没听到门铃。"

"你也被淋了？等下我煮点儿红糖姜水喝。"魏琳拍着身上的雨水嘀咕道，"这下雨天可真讨厌。"

"你也快去换衣服吧，小心感冒。"许若唯递给她一条干毛巾，催促她快点儿回房。

魏琳应了一声，正要往房间走，突然盯住了她，疑惑道："你的嘴巴怎么了？"

许若唯一惊，下意识地伸手去摸自己的唇，脑海里闪过刚才那一番激烈的吻，不自在地移开了目光，支吾地说道："没……没什么。"

"还没什么？"魏琳不满地瞪了她一眼，当她傻子啊，这嘴巴都肿了！她虽然有心想弄清楚，但许若唯不配合，也就不再过问。

许若唯低下了头，小声说道："真的没有事，Vring，你别担心了。"

　　魏琳欲言又止，许若唯在感情上吃过一次亏，她不想再看许若唯栽跟头，不过这毕竟是私事，她又不能干涉太多。

　　"好了，我就不打听了。"魏琳轻轻抱了她一下，笑道，"快去做晚饭，我饿死了。"

　　许若唯哭过的眼还是红的，心里却慢慢暖了，就算没有了爱情，她还有魏琳这个最好的朋友相伴。

　　灯红酒绿，车水马龙，夜晚仿佛是这个城市的另一面，充满了诱惑，充满了回忆。

　　厉家晨在酒吧里泡了半晚，胃里越来越难受，脑子却还是清醒的。

　　拿了衣服，他踉踉跄跄地往外走，吧台的服务员关心地问："先生，您不要紧吧？要不要让人开车送您回去？"

　　厉家晨一手扯开领带，将衣服搭在肩上，挥了挥手，蹒跚地往店外面走。

　　回到住处，他刚停了车，远远便看见家里的灯亮着。

　　他皱着眉，上了楼，开了门，刚放下东西，客厅里就走出一个人，又惊又喜地说："家晨，你回来了？"

　　"文薇，你怎么在这里？"厉家晨揉了揉眼睛，一张嘴，浓浓的酒气就喷了出来。

　　"家晨，你怎么喝成这样了？"宋文薇精致的脸上露出几分惊讶，她连忙过来搀扶他，念叨着，"周言说你胃病犯了，我不放心，想过来看看，你怎么又喝酒了？"

厉家晨躲开了她的手，揉着发疼的太阳穴，哑声说道："太晚了，你回去吧。"

"我去给你倒点儿蜂蜜水吧，你……"宋文薇温柔的声音突然停了，她盯着厉家晨的嘴唇，忍了又忍，还是问了出来，"你的嘴怎么了？"

这分明就是被咬的，这个位置，这么暧昧的伤口，除了身边亲近的女人，还有谁能留下这样的伤？

女人敏锐的第六感让宋文薇生出一股危机感，虽然不知道那个人是谁，但她真真切切地知道，厉家晨身边的确有那么一个人。

厉家晨摸了摸嘴角，那里早就不流血了，但不知道为什么，他还是觉得有热热的温度，不知道是先前的血，还是许若唯残留的眼泪。

"你回去吧，我累了。"

宋文薇咬着嘴唇，他的回避让她心里更加不安。她攥着裙角的手紧了紧，脸上的笑容却丝毫没有变，柔声说道："那你好好休息，我不打扰你了。"

厉家晨点点头，自顾自地进了浴室，里头很快传来了"哗哗"的水声。宋文薇神色一暗，拉开门走了出去。

这一夜，不知道有几人能够安睡，又有几人辗转反侧……

第二天上班，许若唯立刻就被赵丽缠住了，她昨天相亲不顺，恨不得天下有情人都是兄妹，看到许若唯受伤的嘴唇，一颗爱打听的心立马就蠢蠢欲动了。

"说说，怎么回事啊？"赵丽挤眉弄眼地看着她。

许若唯有些不自在，推了她一把，说道："还不去忙？"

"事业诚可贵，八卦价更高啊。"赵丽缠着她不放，"说说嘛，那男的是谁啊？没听你提起过，是个大帅哥吧？"

许若唯一阵头疼，故意丢了个眼色，骗她说："哎，你看，经理来了。"

她本来只想使个诈，谁知道赵丽脸色一变，结结巴巴地说道："谭……谭经理，早啊。"

许若唯脸色一僵，谭森宇什么时候来了？天啊，那她们的谈话岂不是都被听到了？

"早啊。"谭森宇的声音透着一股如沐春风的味道。

许若唯硬着头皮转过身，脸色有些羞窘，她讪讪地打招呼："谭经理。"

她的脸上浮着淡淡的红晕，就像三月的桃花。谭森宇心里好笑，他也是无意的，本来是例行的巡视，谁知道却撞破两个小姑娘的悄悄话。

"你们接着聊吧。"他的眼角眉梢都藏着笑，许若唯赧然低下头，原来真被听到了，她为什么总是在他面前出丑？

"谭经理，不好意思，我们不该在上班时间闲聊。"许若唯的头几乎要低到地上去了。

"都是我的不对，经理，我就是太好奇小唯的男朋友是谁了。"赵丽吐吐舌头，促狭地说道，"谭经理应该也很好奇吧？"

谭森宇并不是个严苛的上司，他耸了耸肩，面上挂着淡淡的笑容。

"小丽！"许若唯恨不得找个地洞钻进去，她扯了扯赵丽的衣袖，阻止她继续说下去。许若唯不愿给上司留下公私不分的印象。

想了想，许若唯还是简短地解释了两句："经理，小丽就是闹着玩，你别信她，我没有男朋友。"

"真的？"赵丽满脸不相信，狐疑地盯着她的嘴角。

"你别瞎说了，我还没问你呢，你昨天相亲怎么样了？"见她还揪着这个话题不放，许若唯连忙打断她，"你可以考虑让谭经理给你介绍青年才俊。"

"喂，怎么扯到我身上了？"两人嘻嘻哈哈笑闹起来，谭森宇摸了摸鼻子，掩饰着笑意，很快走开了。

许若唯松了一口气，没有再多想，开始专心工作。她没有注意到，就在专柜不远的地方，楼梯的转角处，一道目光始终盯着她。

"我没有男朋友。"耳边再一次回响起许若唯的话，厉家晨勾起嘴角，笑容讽刺又冷淡，他觉得自己真像一个傻瓜。

整整一个晚上，他根本睡不着，脑海里翻来覆去都是许若唯。她的眼泪，她的哭诉，她无助的眼神，所有的一切就像是发了芽的种子，疯狂地生长，挤满了他的脑海。

他承认，昨天晚上是他一时冲动，是他鲁莽伤到了她，他既懊恼又自责，所以大清早就开车过来了，想着怎么也应该亲口道个歉，或者去看看她情绪如何。虽然这些都是他想要见许若唯的借口，但是他没想到自己会撞见这样一幕。

原来她是真的不在乎了，她宁可留着笑脸给另外一个男人。

厉家晨冷着脸，心里汹涌的情绪让他一刻也待不下去，他害怕自己再次做出什么出格的事，毫不犹豫地转身离去。

周六的商场格外热闹，许若唯忙得焦头烂额。前来专柜浏览的顾客已经让大家忙得团团转了，更让人头疼的是，今天还遇上了一对胡搅蛮缠的夫妇。

"林太太，这枚戒指绝对没有任何质量上的问题，工艺上也不存在瑕疵。"许若唯耐心地向正在发火的林太太解释，"至于您说戒指成色变暗，这是正常的金属氧化。"

"什么氧化不氧化的，我这枚戒指才买了多久？"林太太冷着脸，随手将首饰盒砸在玻璃台上。

周围几个还在看首饰的顾客都停了下来，神色惊疑，开始低声讨论。

许若唯丝毫没有羞恼，大大方方地捡起那个首饰盒，将那枚戒指取了出来，笑容满脸地向对方解释："您选择的这款戒指是白金质地，整体风格是高雅大方的。但您也知道，因为是白色，所以首饰如果发生了氧化现象，会比较明显。"

"哼，你说得好听。"林先生冷笑了一声，对林太太说，"别被她骗了，搞不好他们家珠宝就是材料有问题，这分明就不是纯金！"

"先生，你不要血口喷人！"赵丽看不下去了，忍不住反驳。

"没事。"许若唯伸手拦住了赵丽，面上依然是得体的微笑，她看着这对夫妇说道，"Der Mond是国际品牌，如果你怀疑质量有问题，我们随时可以提供国际认证书的。"

"反正我们要退货，你别说废话了，全额退款，还要精神补偿费！"林先生不耐烦地挥挥手，冲许若唯嚷道。他的嗓门比较大，专柜周围的人都看了过来，冲着他们指指点点。

　　这明明就是故意找碴啊！东西卖出去这么久了，又没有正当退货理由，凭什么要求全额退款？还精神补偿费！

　　看着这对夫妇来势汹汹，赵丽早就在腹诽了几百遍，见对方又对许若唯指手画脚，她更是暗自着急，但无奈帮不上忙，一跺脚，转身跑去找帮手了。

　　"谭经理，您在巡查工作呢？"意外遇到正在巡视的谭森宇，周曼妮眼睛一亮，立刻热情地打起了招呼。

　　谭森宇微微一笑，点了点头，说道："最近专柜的业绩还不错。"

　　周曼妮伸手捋了捋自己的卷发，笑得矜持而动人，她主动搭话道："不是我自夸，整个区，就我们专柜的销售业绩最好。"

　　"的确，周经理的能力让我刮目相看。"谭森很绅士地道谢，嘴角始终噙着暖暖的笑。

　　"谭经理这么夸奖，我都不好意思了。"周曼妮捂着嘴，一改往日的趾高气扬，适时展示出女性的柔美与娇羞。

　　谭森宇话锋一转："你们专柜的员工都很不错，特别是许若唯，她的工作表现很好。"

　　"许若唯？"女人的第六感让周曼妮立刻在心里拉响了警铃，她嘴角的笑容淡了一点儿，说道，"她还算个新人，说到工作表现，还太早了，多观察一段时间才行。"

　　"我看过她接待客户，很有职业素养。"谭森宇微微一笑，"虽然她才上班半个月，但她对Der Mond很了解，丝毫不逊于任何老员工。"

　　"是吗？看来谭经理很了解我的员工呢。"周曼妮的笑容变得有些勉

强。

谭森宇笑了笑，没有再开口，心里却在暗暗盘算。他这次回国，就是要接手家族事业，这个地区经理的头衔，也只是为了方便他尽快熟悉和了解业务，他很快就会离职去总公司，到时候空出来的位置倒是可以考虑让许若唯顶上。

周曼妮见他半天不吭声，正在绞尽脑汁地想话题，赵丽冒冒失失地跑了过来。

"你不好好上班，到处跑什么？"周曼妮沉着脸，语气有些不快。

"经理！"赵丽气喘吁吁的，因为一路狂奔，说话还有些不连贯，"有客人来我们专柜找碴，您快过去看看吧。"

周曼妮挑了挑眉，不以为然地说："我是怎么教你们的？遇上一点儿事就大惊小怪的，应付客人这种事，还需要我教你吗？"

赵丽暗暗翻白眼，面上却不敢表露，装作唯唯诺诺地说："周经理，那人挺难缠的，小唯一个人在那里应付。"

听到许若唯的名字，周曼妮撇了撇嘴，没有说话，存了一份看好戏的心思。

"我去看看。"谭森宇接过话，示意赵丽带路。在商场难免会遇到几个蛮横的客人，许若唯一个年轻小姑娘，可能应付不来。

赵丽又惊又喜，这分明就是英雄救美啊，要是撮合成了，小唯真得好好谢自己。

两人在前，周曼妮也赶紧跟上，同时暗暗咬牙。

她倒是想看看许若唯闹笑话，要是到时候不能收场，还不得轮到她善后？这样一来，谭森宇就更知道她的工作能力了。

三人各怀心思，匆匆地赶往专柜。

"林太太，您看，这是帮您清洗后的。"许若唯将处理过的戒指递给那对夫妇。

用洗银水清洁之后的戒指光亮如新，丝毫没有了先前的暗淡。

"林太太，如果您还是坚持，我们可以为您办理退货手续。但是这枚戒指本身没有任何质量和工艺瑕疵，您恐怕不能要求全额退款。"许若唯看着林太太的脸色似乎缓和了一些，连忙趁机解释，"林太太，您看，您这戒指其实选得特别好，很衬您的气质。如果您退了货，去别家可能也挑不到这么称心的首饰了。"

林太太也比较喜欢手上的戒指，不然她当初也不会买，不过买回去没多久，成色变暗了，她有些不满。听了许若唯的话，再看看手上光亮的戒指，她有些犹豫。

"怎么不能全额退了？你们家的戒指就是有问题，回头戴上两天，又暗了，那怎么办？"林先生大大咧咧地嚷道，"总不能下次还让我跑过来吧？"

许若唯拿出事先就包装好的礼盒，递给一直没吭声的林太太，说道："这是我免费送给您的洗银水，要是您家里的首饰暗了，用这个效果很好的。"

拿人手软，林太太收了那盒洗银水，态度也不如先前那么坚决了。

"林太太看着就特别贤惠，经常在家下厨吧。其实，您下次在做家务的时候最好把首饰取下来，这样就不会伤到首饰了。"许若唯笑容满面，取出

工作便笺，一边写字一边说道，"其实首饰的保养很重要，我给您一些小妙方，保准让您家里的首饰都跟新的一样。"

林太太一听就来了兴趣，她在这个专柜只买了一枚戒指，家里其他的首饰却很多，要是能学到一些小妙方，那也算挣到了。

许若唯深知她这种占小便宜的心理，将写好的便笺塞给她，故意压低了声音道："林太太，这可是我们员工内部的小诀窍。您想想，顾客要是都知道了，谁还来我们这里做保养啊。就送给您了，以后常来光顾。"

这一番话哄得林太太眉开眼笑，连连点头说："我懂的，谢谢许小姐啊。"

拿了礼品，收了秘方，林太太也不嚷嚷着退货了，反而拉着林先生看起了珠宝，打算再买一条项链。

许若唯立刻表示可以私下给她一个员工内部折扣，林太太笑得合不拢嘴，一高兴，又多买了一对珍珠耳钉。

送走林氏夫妇，许若唯长长地松了一口气。

"小唯，你真是太棒了！"目睹这一切的赵丽不禁咂舌，看林氏夫妇那么蛮横，她以为双方会打起来呢。小唯真是厉害，不仅安抚了他们，还顺带又做了两笔生意。

"你别夸我了，你看，我冷汗都出来了。"许若唯伸出手，让赵丽看她汗涔涔的手心。

"原来你也紧张啊，哈哈！"赵丽乐了，说道，"我去给你搬救兵了，不过，我们好像来晚了。"

"救兵？"许若唯一头雾水。

赵丽促狭地眨了眨眼，示意她转身去看。不过还没等许若唯有所行动，谭森宇已经笑容满面地走到了她面前，身边还跟着皮笑肉不笑的周曼妮。

"谭经理，周经理。"许若唯连忙打招呼，对赵丽的"热心"有点儿哭笑不得。

谭森宇面上带着笑，看着许若唯刚才那一番表现，诧异之余更多了几分赞赏。他原先只觉得许若唯工作能力不错，随着越来越多的接触，发现她身上的闪光点也越来越多了。

"在柜台每天都会遇到难搞的客人，要是一遇到就要叫上司，公司要你们干什么？"周曼妮不是没有看到谭森宇眉间的赞赏，她更加不爽，怪声怪气地训斥赵丽，"以后不要再这么大惊小怪了。"

"刚才那对夫妇太凶了嘛，而且他们还是两个人。"赵丽不满地嘀咕，等周曼妮犀利的眼神投过来，她的气焰立刻又低了下去，小声说道，"我知道了。"

"谭经理和我的工作都很忙，以后遇到这种事，你们自己看着处理。"周曼妮用眼角的余光瞥着许若唯两人。

"对不起，周经理，小丽也是因为担心我。"许若唯低声道歉，她能感觉到周曼妮的敌意，虽然不知道为什么。

周曼妮还想说些什么，谭森宇及时开口："遇到麻烦，一时慌了手脚也能理解。小唯，你今天的表现很好，周经理刚才还夸你呢。"

赵丽偷偷白了周曼妮一眼，刚才她们三个人看到了全过程，周曼妮不仅没有及时出面解围，在许若唯成功安抚顾客之后，她还嘀咕说许若唯滥用员工折扣。

许若唯当然不相信周曼妮私下会夸奖她，但她还是礼貌地向周曼妮道谢："这都是我应该做的。"

周曼妮哼了一声。谭森宇这样毫不顾忌地夸奖许若唯，她心里不大痛快，但好歹他给自己留了点儿情面，也不好再说什么。

"好了，大家各自去忙吧。"谭森宇微微一笑，将许若唯的谦逊和周曼妮的不屑都看在眼底，笑道，"周六比较忙，辛苦大家了，中午我请大家在楼下吃饭。"

"真的吗？谭经理，你真是太好了！"听到有大餐吃，赵丽马上欢呼起来。

周曼妮心里一喜，这样她就多个机会接触谭森宇了。不过……她扫了一眼那两个碍眼的人，到嘴边的话变得有些刻薄："好好上你的班！整天就惦记着有的没的。"

她话里有话，赵丽不是没听出她的讽刺，不过谁叫人家是上司呢？她只能吐吐舌头，灰溜溜地回到柜台工作。

"好好做事吧，下班了我再过来。"谭森宇绅士地替赵丽解围，说道，"周经理也还有事吧，不如先去忙。"

周曼妮脸上的笑容一僵，本来还打算趁谭森宇走了之后好好教训这两个人。听到他这样问，她只得挤出笑容，跟着他一前一后地离开了。

赵丽冲着周曼妮的背影扮了个鬼脸，小声说道："看她那样子，不知道在嚣张什么！"

周曼妮仗着自己是专柜经理，容貌又不错，一向眼高于顶，在她们这些员工当中的口碑一直都不好。

"别嘀咕了，小心被她听到。"许若唯不愿意多惹是非，虽然周曼妮没少对她冷言冷语，但她都选择了隐忍。

"小唯，你的脾气太好了。"赵丽独自碎碎念了一会儿，想到谭森宇邀约的那顿午餐，心情又大好起来，"这也算是因祸得福了。"

许若唯乐了。有时候她还挺羡慕赵丽的，总是乐呵呵的模样，再糟糕的事，她也能看到好的一面。

在赵丽的期待和念叨中，一个上午很快就过去了。送走了最后一个客人，赵丽迫不及待地去看手机，哇哇叫道："下班了下班了，我要去吃大餐！"

"你别吓到谭经理了。"许若唯打趣道，这家商场的消费水准挺高的，虽然楼下就是美食城，但是她们的午餐基本都是自带。赵丽已经对楼下某家海鲜店念叨很久了，看样子她今天准备化身吃货了。

"没关系，反正人家谭经理眼里又看不到我。"赵丽朝她挤眉弄眼，"你就淑女点儿吧，我就是为了衬托你。"

许若唯被她逗乐了，两人正闹着，楼层的前台走了过来，笑着说道："小唯，有人找你。你看，这是你朋友吗？"

她随手一指，许若唯好奇地看过去，顿时有点儿吃惊，在不远处张望的人竟然是周言，他怎么找到这里来了？

"哇哇哇，帅哥啊！"许若唯还没回过神，赵丽已经兴奋地嚷起来，"小唯，你的朋友好帅啊！"

前台也捂着嘴笑道："对啊，小唯，今天来找你的那位也很帅。"

上午有人找过她？她没有见到啊？会是谁呢？许若唯的脑子有点儿乱，

她刚想问个明白，周言已经看到了她，笑着朝她挥了挥手。

"午餐我就不去和你们一起吃了，小丽，你待会儿帮我解释一下。"来不及多想，许若唯匆匆和赵丽交代了两句，朝周言走了过去。

没多久，谭森宇和周曼妮同时来到了柜台。想到待会儿的"大餐"，赵丽的嘴角已经扬到了耳朵边，对这位谭经理的好感度噌噌上涨。

谭经理又绅士，又能干，长得也好，可谓是青年才俊，这么一朵鲜花，要是插在周曼妮身上实在浪费了，还是和小唯比较般配！

谭森宇看到只有赵丽一个人，疑惑道："小唯呢？"

"好像是去约会了。"赵丽刚想开口，周曼妮这时候插了进来。她刚才无意间看到许若唯和一个男人进了电梯，两人看起来挺熟的，这立刻给了她一个添油加醋的机会。

"约会？"谭森宇下意识地皱了一下眉头，许若唯上午不是才说过她没有男朋友吗？

他这个疑惑的表情落在周曼妮眼里，顿时有了别的意味。她心里恨得痒痒的，更加认定谭森宇对许若唯存着不一样的心思。

"我也不清楚，我只看到她和一个男人出去了，好像挺熟的。"周曼妮看着谭森宇的脸色，酸溜溜地说道，"我看那个男人挺帅的呢，赵丽，是吧？"

赵丽一脸的尴尬，她早就想反驳周曼妮了。可是具体情况她也不清楚，小唯什么也没讲啊，那男的也不知道是谁。

到了嘴边的话只能咽回去，她为难地看着谭森宇，只希望他不要误会许若唯，许若唯绝对不是周曼妮口中那种随便的女孩。

谭森宇的眼里飞快地闪过一丝失落，然后定了定心神，说道："既然佳人有约了，那我们三个去吃大餐吧。"

另一边，西餐厅内，周言将菜单递给许若唯。

"我记得你以前喜欢吃烤小羊排，这家做得还不错。"说起以前，周言面上的笑容更深了一些。

"你还记得呀？"撇开最初的诧异，见到周言，许若唯还是挺高兴的，毕竟是很久不见的老朋友了。

"我可是很有良心的，不像有些人，一声不吭地玩消失，也不联系我。"周言装模作样地感叹了两句。

许若唯冲他吐吐舌头，淡淡一笑，低头看着菜单。

她脸上的笑容柔和美好，就像多年前的样子，周言的心里慢慢涌上一股感伤。

"小唯，你这两年过得怎么样？"周言迟疑地问道。

许若唯晃了一下神，很快又笑了，说道："还行，你呢？"

"我在家晨的公司待着，给他做助理。"说到这里，周言有意停了一下，暗暗打量许若唯的脸色。

许若唯的神色果然黯然了许多，低着头，轻声呢喃："是吗？"

"小唯，我能多嘴问一句吗？你和家晨到底怎么回事？"周言没有忍住，他并不是想打听，这个问题困扰他很久了，当初两人莫名其妙地分手，厉家晨突然回到B市，许若唯也消失了两年。

许若唯的声音带着一点儿涩意："就是分手了。"

"为什么？"周言脱口而出，声音带着自己都没察觉到的激动。

　　许若唯摇了摇头，缓缓勾起嘴角，不知道是怅惘还是苦涩，这样的笑容让周言有些难过。

　　他是不是说了什么不该说的话，勾起了她的伤心往事？

　　为什么？许若唯其实也很想知道原因，当时爱得情真意切，为什么会突然分手？不，应该是说为什么厉家晨会突然消失，对，消失的那个人从来就不是她。不过事到如今，她也懒得再去解释了，一切的变化好像都是从她父亲被警察带走的那个上午开始的。

　　周言看得出许若唯的难过，他心里那份惆怅和惋惜更加说不清道不明。他曾经喜欢过这个干净如水的女孩，也由衷希望她能得到幸福，可是现在看来，她过得并不好。

　　"小唯。"周言压下心底的那份感伤，轻声说道，"我不知道你们之间到底有什么误会，但我清楚的是，家晨心里一直还有你。"

　　周言说完，许若唯没有接话，他又接着说道："这两年，他变了很多，谁也不知道他心里到底在想些什么。虽然他闭口不提你的名字，但我知道，他还是忘不了你，不管身边有多少女人对他示好，他从不回应，谁能说这和你没关系呢？"

　　他无奈地笑了笑，看着许若唯唇上的伤口，有点儿失神。

　　其实他一早就发现了，只是不愿意去深想，只要稍稍回忆一下，他脑海里就能浮现早上厉家晨的那张黑脸。

　　同样的位置，同样的伤口，这两个人分明是藕断丝连，纠缠不清。

　　也许在感情中，从来都是当局者迷。

　　周言摇了摇头，不想再去理会她和厉家晨的旧事，他是真心想帮许若唯，这么好的女孩，她应该过得幸福一点儿。

不知道是不是因为重遇周言的缘故，许若唯想起了很多在A市的往事，包括许安伟被捕的始末。这些原本都是她不愿意回想的，就像压在箱底的旧照，最近频频跟以前的人和事牵扯上，想起来既有痛，也有快乐。

她突然很想去看看父亲，现在父亲就是她生活的全部动力。

下了班，许若唯没有回家，给魏琳打了电话，告诉她自己待会儿去监狱探望父亲。

"你一个人吗？"魏琳急切地问，"Olive，还是我陪你去吧。"

"不用了，我又不是小孩子，一个人可以的。"许若唯听着电话那头嘈杂的声音，问道，"你是不是又在加班？"

"对啊，烦死了，我这次的搭档特别难搞，回头我再跟你说。"魏琳抱怨了两句，还是不放心地询问，"Olive，你怎么突然想要去探望伯父了？是不是出了什么事？"

"我就是想我爸了，前阵子工作没安定，怕他担心，所以没去。好了，你别担心了，快去忙吧。"许若唯说完，匆匆挂了电话。

一路上，许若唯辗转了两个小时左右，又转了两趟车，终于到达父亲服刑的监狱。

"若若，你今天怎么来了？"看到女儿，许安伟疲乏的脸上露出了温和的笑容。

距离上次探望父亲的时间不到一个月，许安伟似乎又苍老了一些，50岁不到的人，两鬓已经有了星星点点的白发，脸上也清瘦不少，更加显出几分老态。

"爸！"许若唯鼻子一酸，眼泪止不住地滑了下来。

"这丫头，哭什么呀？在外头受委屈了？"许安伟呵呵地笑了两声，还把她当那个爱撒娇的小女孩。

隔着一层冰冷的玻璃，两人不能有直接的肢体接触，许安伟一只手拿着话筒，一只手贴在玻璃上，隔空比划着。

"好像又瘦了，若若，你工作不要太辛苦了。"看着许若唯消瘦的脸，许安伟既心疼又自责。要不是因为他，女儿正是花一样的年纪，哪用得着这么辛苦。

"爸，我过得好着呢，您别担心我。"许若唯忍着心酸，胡乱擦了一把眼泪。

许安伟叹了一口气，还是将心里的念头说了出来："若若，我在这里头也挺好的，不愁吃穿。你别待在B市了，攒点儿钱，出国吧。"

"爸！"许若唯眼睛红红的，她毫不犹豫地拒绝了，"我怎么可能丢下您一个人呢？"

再说了，没有她照料，父亲在监狱的日子恐怕会更难过。她现在什么也不奢望什么了，只想好好陪父亲撑过这几年。

"好好好，说不过你。"许安伟无奈的同时，又感到一阵欣慰，"你多吃点儿，看看瘦成什么样了，都不好看了。"

"爸，人家是故意减肥的呢。"许若唯笑道。

父女俩聊长聊短，都是报喜不报忧，一个小时的探监时间很快就过去了。许若唯强忍着泪水，始终维持着笑脸，只想让父亲记住自己明朗的模样，不过等到看着父亲戴上手铐被带走，脸上的笑容再也维持不住了。

或许他在别人眼中是罪有应得，但他是最疼她的父亲，是唯一的父亲。

出了监狱的大门，许若唯再也忍不住，慢慢蹲下身，号啕大哭起来。

这里的人都是见惯生离死别的，偶尔有几个人进出，看她这副样子，投来一丝怜悯的目光，但更多的是麻木和司空见惯。

许若唯也不知道自己是怎么了，也许是最近工作压力太大，也许是这两天受了太多委屈，也许是因为厉家晨，也许是因为周言。总而言之，她极需一种宣泄，心里有太多的悲伤需要眼泪来洗涤。

两年了，最难过的时候明明已经过去了，她以为自己可以放下过去，重新生活，可是那个人一出现，她就立刻溃不成军，瞬间被打回原形。

"她哭了？"厉家晨皱了皱眉头，拿着手机的手一紧，隐隐可以看到凸显的青筋。

"是的，厉先生，许小姐哭得很伤心。"讲电话的人压低了声音，他一边留意着许若唯的动静，一边躲在车里向厉家晨汇报。

"她一个人？那个什么魏琳没有陪她？"厉家晨只觉得胸口有一团气在乱窜，他不耐烦地站起身，一脚踢开了椅子。

"许小姐是一个人来探监的，她大概在里面待了一个小时，出来的时候就哭得很伤心了。"对方将所见一五一十地汇报出来。

探监？不用想，厉家晨也知道许若唯是去看谁，只是许安伟这个名字一浮上脑海，他的太阳穴就突突直跳，立刻握紧了拳头。

恨吗？也许吧，毕竟他从小就被灌输了这个念头。其他的呢，应该还有后悔、茫然和不知所措。

如果不是因为这个人，他和许若唯绝对不是今天这个局面。这个念头疯

了一样占据了他的思绪，他突然有点儿恨自己。

两年前他是不是做错了？

"厉先生，现在我要怎么做？"电话那头的人询问道。

厉家晨闻言，狠狠一拳砸在墙壁上。

本来是气不过上午在商场看到的那一幕，听到她说自己单身，厉家晨太担心那个所谓的经理，便暗中让人留意，却不想许若唯会突然去探监。

在她哭泣无助的时候，他却不能陪在她身边，不是他不想，而是他不知道自己还能不能这样做。或许就是因为他这样的矛盾，才一次次伤到许若唯，才眼睁睁将她推给了别的男人。那个人真的是许若唯的选择吗？

太多的想法在脑海里叫嚣，厉家晨深深地叹了一口气，沉声说："暗中跟着她，确定她安全回家后，你就撤了吧。"

CHAPTER 第五章

05

THE SKY
OF LOVING IS RAINING

真相总是这么
丑陋不堪

　　一夜辗转，许若唯整晚都没睡踏实，第二天起床，不出意外地顶着两个黑眼圈。

　　魏琳咬着牙刷，瞅见镜子前的许若唯，顿时乐了，说道："Olive，你这烟熏妆化得不错嘛，都能和大熊猫媲美了。"

　　许若唯哭笑不得，哀怨道："昨晚没睡好。"

　　"失眠啊？"魏琳这几天常常加班，看到有人跟她一起熬夜，顿时幸灾乐祸了。

　　"我去上班了。"许若唯哀怨地看了好友一眼，往门口走去。

　　今天商场的人依然很多，许若唯忙得不可开交，连一向叽叽喳喳的赵丽都没空闲聊，忙着应付客户。

　　"哎，要是每个来看珠宝的人都会买，我累也累得值。"好不容易逮到一个空隙，赵丽哀号一声，瘫坐在休息椅上。

　　许若唯也深有同感，无奈地笑了笑。

　　没办法，顾客就是上帝，有些客人虽然只是来看看，压根不打算买，但她们也得热情招待，这无疑增加了她们的工作量。

　　"来客人了，你去吧。亲爱的，我的腿已经要断了。"许若唯正揉着发酸的小腿，赵丽轻轻推了她一下，有气无力地说道。

　　许若唯笑着摇摇头，刚站起来，面上的笑容顿时僵住了。

"许小姐，我又来了，你还记得我吧？"宋文薇很热情地打招呼，脸上的笑意明媚而动人。

"宋小姐，你这次想看点儿什么？"许若唯迅速收拾好心情，努力控制着自己的视线，不去看宋文薇身边的那个人。

从走到这个专柜前开始，厉家晨的目光就一直追随着许若唯。他的目光仿佛有温度似的，带着强烈的爱憎，炙热得如同烈火，仿佛要将许若唯焚为灰烬。但是许若唯表现得太过镇定，没有错愕，没有慌乱，甚至没有一丝一毫的意外，就像是对待陌生人一般。

厉家晨微微眯起了眼睛，危险的光芒一闪而过，她这是要和他划清界限吗？

"许小姐，我们想买条项链，你有什么推荐的吗？"宋文薇丝毫没有察觉这两人之间的暗涌，她看了一眼厉家晨，亲昵地挽住他的胳膊，笑着说，"妈咪如果知道你这个大忙人亲自给她挑礼物，一定会高兴得不得了。"

听到宋文薇的话，许若唯正在开柜子的手颤了一下，心中满是苦涩。

原来他们已经到了见家长的地步，这条项链应该也是厉家晨讨好未来丈母娘的礼物吧。

她微微动了动嘴角，想要挤出一个笑容，终究还是没有成功。

厉家晨将她的表现都看在眼里，心里的怒火腾腾地烧起来。

她这是什么意思？嘲笑吗？看到他和别的女人在一起，她难道就没有半分悸动？

昨天宋文薇来找他，说是宋夫人今天回国。本来他是没什么兴趣，不过后来一想，打算借这个机会再来见许若唯，或者说试探，没想到她还当真无所谓。

"薇薇，你觉得这条怎么样？"厉家晨主动开口，拉过宋文薇，指着柜台里的一条钻石项链说道。

宋文薇听他这声昵称，眼睛一亮，笑容越来越灿烂，很配合地去看他说的那条项链。

他们两个一前一后站着，微微低着头。宋文薇的个子比较娇小，厉家晨在后面用手虚扶着她的腰，两人看上去就是一对甜蜜相拥的情侣。

看到这场景，许若唯没由来地心酸，她微微垂下眼帘，掩饰住眼底纷杂的情绪。但是看在厉家晨眼里，她这副毫无反应的样子更让他火大。

其实厉家晨也不知道自己到底在期待什么，那股说不出的躁动让他恶声恶气地喝了一句："愣着干什么？还不把项链拿出来？"

许若唯一愣，脸色顿时白了，连忙去拿那款项链。

"家晨，你怎么了？"宋文薇诧异地看了他一眼。

厉家晨不是没有修养的人，很少看到他这样没有风度。

"我只是觉得，这家专柜的服务态度有待提高。"厉家晨面无表情道。

听到厉家晨的解释，宋文薇暗暗纳闷，面上却始终挂着优雅的笑容，柔声劝道："许小姐很能干的，很多客人都夸她呢。"

很多客人？那她就是单单不愿意给他好脸色了。想到这里，厉家晨心里生出一股说不出的烦躁，却又不知道怎么宣泄，嘴边的话也更加难听："是吗？既然这样，那就好好给我介绍一下这条项链，你应该懂钻石吧？"

"家晨？"这刻薄的风格可不像他，宋文薇终于察觉到不对劲，伸手扯了扯他的衣袖。

厉家晨充耳不闻，一双黑曜石般的眼睛直勾勾地盯着许若唯，就像鹰隼看到自己的猎物。

许若唯在心里一遍又一遍地给自己加油打气，咬着牙，尽量让声音不颤抖："这款项链的钻石是人工切割，切面呈现优美的菱形，在阳光下，不同的角度会有不同的光彩。"

"是吗？"宋文薇来了兴趣，越看那款项链越觉得喜欢。她扭头和厉家晨商量："我看这个设计也不累赘，挺大方的，不如就拿这个？"

厉家晨不置可否，抿着嘴，脸部的线条绷得紧紧的。

"宋小姐，如果是送长辈，我不建议拿这条。"许若唯自动忽略那道灼热的目光，轻声说道，"它的设计比较年轻化，虽然大方简洁，但不如珍珠项链有韵味。"

她拿出一条黑珍珠项链，在天鹅绒的衬托下，每颗珠子都散发着幽幽的暗光，华贵典雅。

"还是许小姐有眼光。"宋文薇眼睛一亮，不由得赞叹道。

许若唯微微一笑，问道："那我给你包起来？"

"等一下！"厉家晨无视许若唯和宋文薇的谈话，盯着许若唯那张云淡风轻的脸，语气恶劣地说道，"我们就要那条钻石项链。"

厉家晨的话音落下，许若唯和宋文薇同时一愣。

"为什么？"宋文薇诧异地看着厉家晨，不解地问道，"家晨，许小姐的推荐很好，我相信妈咪一定会喜欢这串珍珠项链的。"

"是吗？我倒觉得钻石更符合阿姨的气质。"厉家晨勾起一抹冷笑，不无恶意地说，"我看许小姐是故意推荐这款珍珠项链的吧？怎么，它的提成更多吗？"

"你……"听到厉家晨的话，许若唯浑身发颤，脸色惨白，她死死咬着嘴唇，盯着故意找碴的男人，说不出一句完整的话。

爱的天空
下雨了

他到底想怎么样？纠缠不清很好玩吗？为什么他前一秒还缠着她索吻，下一秒就能装作陌生人，带着别的女人来羞辱她？

现实和回忆交替，她的眼底渐渐有了湿意。

"家晨，你是不是误会许小姐的好意了？"宋文薇瞅了一眼许若唯，微笑着打圆场，"你看，你开个玩笑都快把许小姐弄哭了。"

厉家晨心头一震，再去看许若唯，对方明显躲着他，目光始终不肯和他对上，紧抿的嘴唇却透露了她的倔强和受伤。

他明明不是想让她难堪的，这个念头一冒出来，厉家晨攥紧了拳头，可他为什么总让自己陷入伤人又伤己的矛盾里？

气氛变得古怪，空气都变得微妙了，谁也没有开口说话。

"小唯，出什么事了？"谭森宇在这时候及时出现了，他走到许若唯身边，低声询问，"是被客人刁难了吗？没事，我来处理。"

谭森宇甚至还不清楚事情的始末，但一开口就关心她是不是被欺负了，许若唯心里一暖，升起一股由衷的感激。

"没事的，谭经理，我自己可以处理。"许若唯将委屈咽回肚子里，笑着回答。

她已经不再是天真无忧的小公主了，没有庇佑，她必须试着一个人独挡风雨，而且厉家晨就是她的死穴，别人也帮不了她。

"女孩子太逞强就不可爱了。"谭森宇微微一笑，并没有理会许若唯，而是示意她退到一边，走上前，对着宋文薇两人说道，"我是这里的地区经理，很荣幸为你们服务，两位有什么需要？"

谭森宇和许若唯低声交谈的一幕被厉家晨尽数收到眼里，脑中某根神经仿佛被刺激到，谭森宇的话刚说完，他便哼了一声，嘴角的弧度似笑非笑，冷声说道："看来你们专柜人手已经到了紧缺的地步，连一个地区经理都来亲自做销售了。"

厉家晨的话带着赤裸裸的挑衅，谭森宇面上挂着礼貌的笑，心里却诧异无比，不免多看了对方几眼。

来人是个英俊的男人，气质不俗，举止和衣着都不像是没有修养的人，却偏偏露出敌意。

"厉先生，如果您觉得钻石项链更好，那我给您包起来。"不等两个男人有更多交谈，许若唯立即接过话。

其实现在的情况多多少少也算是私事，如果不是她，厉家晨一定不会百般为难，许若唯不愿意把谭森宇也牵扯进来。不管厉家晨怎么羞辱她，她只想快点儿结束这件事。

许若唯不愿再纠缠，但这行为看在厉家晨眼里却像是"维护"。他紧紧抿着唇，毫不避讳地盯着许若唯，目光里仿佛有火焰在蹿。

因为不愿牵扯到身边的人，此时她也有了勇气，抬起头和厉家晨对视，眼里有控诉，也有戒备。

一时间，仿佛周围所有人都成为了背景，只剩他们两人，哪怕彼此眼中流露出的不是爱意，彼此间的联系也同样让人无法忽视。

或许是女人的第六感在作祟，最先反应过来的是宋文薇。不知道为什么，她总觉得今天的厉家晨和往常太不同，此时此刻，她只想快点儿离开这个地方，于是出声催促道："许小姐，就拿那条钻石项链吧！"

"是这条吗？"谭森宇低声和许若唯耳语，见对方点点头，他又道，"我来吧。"

他戴上白手套，小心取出项链，而许若唯则转身拿出一个精致的包装

盒，然后递给他。两人配合得天衣无缝，见此，厉家晨的面色越来越冷。

两人默契的搭配，低声的耳语，他对她的维护，她对他的默许，碍眼得让人心里发烫。无形的火苗烧着厉家晨的神经，他再次不满地拒绝了："不用了，我现在觉得这条钻石项链也很难看。"

"您不要了？"谭森宇一怔，疑惑地问道。

"难道你们专柜还强买强卖吗？我就是不想要了！"厉家晨就像在恶作剧般，他盯着谭森宇，眼底的冷笑猖狂表露。

"先生，您误会了……"回过神，谭森宇仍旧想礼貌地解释，却被许若唯打断了："厉先生，您是不是觉得戏弄别人很有意思？"

厉家晨目光一暗，讥讽道："这就是你们的服务态度？"

"不管我们的服务态度怎么样，至少比你的态度好！"明明知道厉家晨就是在针对自己，许若唯还是被他伤到了，她不想牵连其他人，挡在谭森宇身前，直直地望着厉家晨，"你要找我的麻烦，可以，但请你不要连累其他人，也不要扰乱我的工作！"

找她麻烦？打扰工作？

厉家晨眼中闪过一抹受伤的情绪，朝着许若唯低吼："许若唯，你就是这么看我的？"

看清他眼中的情绪，许若唯的心被揪起，即使觉得自己没错，可还是莫名地心虚。

对，她没错，错的从来不是她，而是他！消失不见的是他，突然出现的是他，搅乱了彼此生活的也是他！

柜台再一次陷入古怪的沉默，宋文薇认识厉家晨这么多年，从来没有见过他这样。现在的厉家晨就像一个无理取闹的孩子，口是心非，别扭地想要吸引大人的注意。

可是，这个他想要博得关注的人会是谁呢？是许若唯吗？宋文薇的目光在厉家晨和许若唯之间转了好几遍。

"厉先生，您要是不喜欢这条项链，不如看看别的？"谭森宇看着挡在自己面前的女生，嘴角勾起一抹笑意。

美女救英雄？他人生还是第一次遇到，似乎感觉还不错。

"谭经理，你一向喜欢躲在女人后面吗？"厉家晨将目光转向谭森宇，他不愿承认心里那翻腾的情绪是嫉妒。

"厉先生，你说话客气点儿！"还不等谭森宇开口，许若唯抢先道，"谭经理不是那样的人。"

"是吗？"许若唯这副维护的架势，无疑在厉家晨心里又划上一刀，他怒极反笑，讽刺道，"许小姐这么维护他，难不成他是你的情人？"

厉家晨的话让许若唯一愣，片刻后，她的双手慢慢握了起来，似乎是为了平复心里汹涌的情绪。

气愤、苦涩，甚至还有委屈，交织成一张网将她罩住。她想问他，为什么他可以若无其事地搂着别的女人，还理直气壮地来指责她袒护谭森宇？但是她不能这么做，因为她不是他的谁。

"对，你说得没错！"似乎有种破釜沉舟的意味，她回答道。

"你再说一遍。"厉家晨不敢相信地瞪着她，一字一句地说道。

许若唯倔强地看着他，不再吭声。

两人的互动太过明显，谭森宇挑了挑眉，他大概知道这位客人为什么有那莫名其妙的敌意了。

"厉先生，小唯是新人，如果有什么不周到的地方，我替她给您道

歉。"听到许若唯承认他是她的男朋友,谭森宇心里一阵诧异,反应过来后对厉家晨说道。

厉家晨似乎没有在听他说什么,照旧盯着许若唯,谭森宇话里宣示的意味太明显,他不想承认。

许若唯转过脸,望向一直沉默的宋文薇,问道:"宋小姐,请问您的项链还要吗?"

宋文薇心里此刻五味杂陈,她扯了扯嘴角,说道:"两条都包起来吧。"说完,她询问似的看了一眼厉家晨。

厉家晨沉默着,就像是喷发过后的火山,安静得让人不安。就在许若唯以为他会再次出口拒绝时,他突然转过身,头也不回地走了,只留给宋文薇一句"我在车上等你"。

宋文薇的脸僵了一下,她暗暗不快,对许若唯的态度也冷了几分,说道:"麻烦你们快点儿。"

离开商场,到达停车场后,宋文薇一眼就看到了倚在车门上抽烟的厉家晨。

"家晨,你今天这是怎么了?"想起刚才的场景,宋文薇忍不住问道。

对于宋文薇的话,厉家晨并没有回答,甚至连看也没看她,而是把手中的烟一扔,踩灭,然后拉开车门坐了进去。

"你到底发什么脾气?我惹你了吗?"宋文薇从刚才就满肚子气,这时候再也忍不住了,她将手上的纸袋砸向车子,气急败坏地说道。

"上车。"厉家晨不想和她多费口舌,沉声说道。

宋文薇气得满脸通红:"厉家晨,是你主动提出要逛商场的,现在又莫名其妙生哪门子气?"

厉家晨不耐烦地按了两下喇叭，冷声问道："你到底上不上车？"

"不上！你给我把话说清楚了！"

"那你自己打车，我就不去机场接伯母了。"厉家晨懒得纠缠，不等宋文薇反应，脚下油门一踩便离开了。

"厉家晨！"宋文薇难以置信地看着离去的白色迈巴赫，气得连连跺脚。

不是他懒得纠缠，而是不值得，他愿意、他想的自始至终只有那一个人，他却亲手将那个人推远了，现在还来得及吗？

另一边，许若唯跟着谭森宇来到办公室，关上了门后，垂下头低声说道："谭经理，真是不好意思，刚才的事，希望你不要介意。"

"你说的是哪件事？"谭森宇眼角微挑，带了一丝调侃的意味，许若唯微微红了脸。

谭森宇见她这模样，笑意又深了几分，他点了点头说道："你不用在意，我能理解。"

许若唯犹豫了一下，吞吞吐吐地说道："谭经理，今天这件事都是我的疏忽，其实……其实这位厉先生是我以前的未婚夫。"

这份工作刚做一个多月，许若唯每天兢兢业业，她不想因为这件事让上司对自己有什么想法，打破长久以来的努力。来办公室的路上，她听见其他柜台的人窃窃私语了，说她仗着自己好看、聪明，来这里工作只是为了认识一些有钱男人。

谭森宇听闻略为诧异，挑眉看了她一眼。

他原本以为，或许是厉家晨对许若唯别有心思，没想到两人还有这样的渊源。

　　"未婚夫？"

　　"嗯，是以前的未婚夫。"许若唯的头几乎低到了地上，她小声说道，"不过后来分手了。"

　　她低着头，不停地绞着手，就像一个犯了错的孩子，神色中透着几分小心翼翼。

　　谭森宇心里一时闪过很多念头，他顿了一下，说道："没事，卖东西嘛，难免会遇到怪脾气的客户，也不全是你的原因，你别往心里去。"

　　许若唯再一次为他的体贴而感激，轻声说道："谢谢你，谭经理。"

　　谭森宇微微一笑，说道："你去忙吧。"

　　许若唯点点头，拉开门走了出去，谭森宇盯着她离去的方向，脸上浮现出一丝若有所思的神色。

　　整个上午，许若唯都因为厉家晨这件事闷闷不乐，连赵丽一个劲地打听她和谭森宇，她也没有什么兴致搭话。

　　其实也怪不了别人吧！曾经，许若唯最讨厌那种分手后还放不下的人，现在她自己却成了这样的人。怪不得有人说，知道和真正遇到是两回事。

　　要是他当初不对自己那样溺爱，或者分手时再决绝一些、狠一些，再次见面后，也不要给她什么非分之想，那该多好……

　　走出商场，许若唯的手机响了起来，是周言打来的。

　　"小唯，晚上一起吃饭吧。"

　　"我今天有点儿事……"

　　"小唯，我没有别的意思。"周言苦笑了一声，说道，"我几次邀你吃饭，你都拒绝了，难道因为家晨的关系，你都不打算理我这个朋友了？"

　　"不是的。"许若唯矢口否认，"我今天……有点儿事，改天吧。"

"出什么事了？"周言敏锐地察觉到她情绪低落，出于朋友的关心，他多嘴问了一句，"小唯，有什么我能帮到的，你尽管说。"

"没什么事。"许若唯的脑海里突然闪过上午那一幕，厉家晨的冷言冷语再次回响在耳边，她咬了咬唇，低声问道，"周言，你能帮我一个忙吗？"

此时正是下班的高峰期，挂了电话后，许若唯挤在嘈杂的人堆里，浑浑噩噩地上了公交车。回到家，她意外地看见魏琳坐在客厅里，悠闲地看着电视。

"咦，你今天不用加班？"许若唯问道。

魏琳窝在沙发里，懒懒地回了一句："再让我加班，我一定灭了那个洋鬼子！"

许若唯也走过去坐下，挑了挑眉，表示对她口中的那个洋鬼子很好奇。

"哦，那个尼奥，就是个变态摄影师。"魏琳提起这个人，咬牙切齿地说道，"算了，不说他，影响我吃晚饭的食欲。"

许若唯笑了笑，刚要接话，手机响了起来。

"喂，你好，请问是许若唯小姐吗？"电话接通后，手机那头的人问道。

"我是。"许若唯满心疑惑，她冲魏琳比了个口型，示意是个陌生人。

"这里是A市男子监狱……"

许若唯心里咯噔一下，对方的话还没有说完，她急切地追问起来："我爸怎么了？"

"许安伟今天下午因为胃出血而昏厥，我们监狱已经联系了医生，你身为犯人家属，我们有义务通知你一声。"

"你说什么？我爸晕倒了？他现在怎么样？他怎么会有胃病呢？他每隔半年都做一次体检的！"许若唯紧紧地攥住手机，失控地嚷了起来，"你们怎么现在才通知我呢？"

魏琳听到许若唯的话，大概知道出了什么事，连忙冲过去抱住她，一边安慰她一边拿过手机，担心许若唯因为太过担心而遗漏重要信息。

"他现在已经清醒了，具体的情况，我们希望能够和许小姐当面商榷。"

"那好，明早清晨我们会过去。"魏琳还算冷静，有条不紊地和对方沟通起来。

许若唯靠着魏琳，全身的力气仿佛都被抽走，瘫倒在她的身上，眼泪无声地滑了下来。

胃出血，多么可怕的字眼，她曾经看过因为胃出血而死亡的新闻，她不敢想象父亲突然倒下去的画面。

魏琳挂了电话，紧紧地抱住她，轻声安慰："Olive，伯父不会有事的，你要振作。"

"Vring……"许若唯声音颤抖地说道，"我真的好怕，如果我爸出了什么事，我……"她的话还没说完，汹涌的眼泪已经让她难以开口，干脆抽泣起来。

许若唯从来没有像现在这样害怕过，就算是当年许家出了事，她也一直劝慰自己振作，因为她没有资格软弱，因为父亲还需要她，可是现在……她不敢想象，如果连父亲也不在了，那她赖以生存的信念还有什么？

"Olive，你别担心，还有我陪着你。"

"我应该早点儿注意的，爸在里面肯定吃了不少苦。我上次去看他，他瘦了好多，我怎么会没想到他是生病了呢？"许若唯满脸自责，惶恐又无助。

此刻所有的安慰都是苍白的。看许若唯哭得稀里哗啦，魏琳心里也是说不出的难受。她此刻唯一能做的，就是给许若唯一个温暖的拥抱。

当晚，注定是漫长而无眠的一夜。许若唯整晚都没有合眼，天还没亮，她就起床，开始收拾东西出门，因为不想吵醒魏琳，她尽量放轻了手脚，结果一到客厅，魏琳已经站在那里了。

看到她出现，魏琳不满地说道："是不是打算一个人去？Olive，你应该叫我的。"

"你还要上班呢。"许若唯心里涌起一股暖流，她低声说道，"我一个人可以的，Vring，你不用担心我。"

魏琳看着她，低低地叹了一口气。

这就是许若唯，就像是藤蔓上开出的花，看着软弱娇媚，骨子里却坚强柔韧。

"我已经请了假。"魏琳不等她拒绝，转身走向厨房说道，"我煮了点儿东西，你先吃早餐吧，昨天晚上你也什么都没吃。"

许若唯眼睛一热，走过去抱住了她，轻声说道："谢谢你，Vring。"

关心则乱，许若唯担心父亲的病情，到了探监室，看到许安伟羸弱的样子，她早就急得六神无主了，幸好有魏琳在，帮着联系律师，和狱方沟通。

"爸，您生病了为什么不告诉我？"看着越来越苍老的父亲，许若唯感到深深的自责，瞬间红了眼眶。

"没事，小问题而已。"许安伟脸上是满不在乎的笑容，故作轻松地说，"小唯，爸还没老呢，身本好得很，你不用担心。"

许若唯知道父亲是安慰自己，不想自己担心，可是她有眼睛看啊！明明上次父亲头上还没有这么多白发，脸上也没有这么多皱纹，可是此刻就像风干了的水果，眼看着消瘦下去。

"爸。"许若唯忍着泪水，坚定地说，"我会想办法向监狱申请保外就医，到时候接您出去好好养病。"

"傻丫头，你花那个冤枉钱干吗？"许安伟急了。

"爸！"许若唯已经说不下去，泪水糊了一脸，魏琳走过来，轻轻拍了拍了她的背。

之前医生已经告诉她们了，许安伟不是简单的胃出血，他的胃部长了一个肿瘤，目前看不出是良性还是恶性，但必须尽快治疗。虽然许安伟还不知道这个情况，但许若唯清楚，所以她心里此刻满满的都是说不口的惶恐和害怕。

"许伯伯，您放心吧，还有我呢。"魏琳心里难过，面上却笑着说，"我和Olive会尽快想办法的。"

申请保外就医，这意味着许安伟可以出狱静养，但是她们也必须承担一大笔费用，还要疏通关系，递交申请，去医院开证明，请个好律师，等最后的结果下来。这是个漫长的过程，而许安伟的病不一定能等那么久。

"爸，您安心养病，我很快就能接您出去的。"许若唯擦掉泪水，挤出一个灿烂的笑容。

不管前面的路怎么艰难，就算是最坏的结果，她也要把父亲接出来，总不能让他最后病死在监狱。

许安伟知道自己劝不住女儿，忧心忡忡地长叹了一声，没再拒绝。

离开探监室，许若唯立刻去找律师询问相关的手续。

这个律师是魏琳联系的，算是朋友，说话倒也爽快："按照许先生目前的身体状况，申请保外就医是符合法律条件的，至于许小姐担心的时间问题，我说句实话，这得看你什么时候能筹到费用。"

"要多少钱？"许若唯急切地问道。

"至少准备50万。"对方飞央地盘算了一下，这个数字已经是极限了，要交给监狱的明面费用不少于30万，还有其他七七八八的费用……

"50万？"许若唯低喃道，然后咬了咬牙，"我会尽快拿出这笔钱，到时候就麻烦你了！"

听了许若唯的话，魏琳若有所思地看了她一眼，什么话也没说。

回到家，许若唯做的第一件事就是翻出存折。这两年她一直在打工，也存了一点儿钱，不过看着存折上的数字，她还是挫败地叹了一口气——这点儿钱还远远不够。

怎么办？现在到底该怎么办？除了魏琳，她在A市没有任何亲朋好友，就算要借，也没有地方可借。回B市吗？想到这里，许若唯摇了摇头，当年许家出事的时候，她就已经看破了那些人情世故。就算还有些亲戚在B市，他们也不会帮忙的。

许若唯正想得出神，魏琳敲了敲门进来了。

"我就知道你在发愁。"魏琳晃了晃手中的卡递给她，笑着说道，"虽然不是很多，但这可是我全部的家当。"

许若唯诧异地看了魏琳一眼，随后摇了摇头。

魏琳为了自己的事业，和家里人闹翻，从而离开德国，一个人在异国他乡打拼，相当不容易，她怎么能要这笔钱呢？

"Vring，你已经帮了我很多，这些钱我不能要。"

"就当我借给你的。"魏琳将卡往她手里一塞，说道，"别跟我客气了，我们还是想想怎么筹到50万吧。"许若唯的存款她大概也有数，两个人加起来还不到10万，剩下的钱要怎么去筹？

两人你看看我，我看看你，满脸的愁色。

可能是心里搁着事，这两天上班，许若唯总有点儿心不在焉。

一大早，许若唯和赵丽正在打扫柜台，眼看着她再一次走神，赵丽忍不住问道："小唯，你没事吧？"

许若唯勉强挤出一个笑容，说道："没事。"

她一边说，一边端起水盆，打算去洗手间把脏水倒掉，结果不知道怎么回事，手一松，整个盆子砸在了脚上，不仅把她的鞋子淋了个透，刚拖过的地板也再次脏了。

"你没事吧？"听到动静，赵丽赶紧跑过去查看。

"不好意思啊，小丽，我马上再拖一遍。"许若唯苦笑道，赶紧收拾残局。

"说什么话呢，我来，你赶紧去换双鞋吧。"赵丽把许若唯往休息室里推，关心道，"别冻着了。"

两人正在说话，谭森宇这时候刚巧走过来了，看着狼藉的地面，他疑惑地问道："出什么事了？"

"哦，经理！"赵丽笑眯眯地打了个招呼，说道，"没事，水盆不小心翻了。"

谭森宇的目光在许若唯身上转了一圈，最后落在她那双湿淋淋的鞋子上，皱起了眉头，说道："赶紧去换双鞋，别让感冒又加重了。对了，要是有需要，你可以再请几天假。"

听了谭森宇的话，许若唯愣了一会儿，这才想起来，前两天因为父亲的事，她请假时随便扯了一个重感冒的幌子。

"已经好了。"许若唯低下头，有点儿志忑。

"那就好，快去换鞋子吧。"谭森宇催促道。

赵丽在一旁捂嘴偷笑。许若唯脸上热热的，她转过身，深呼了一口气，暗暗告诫自己，不能再出状况了。

另一边，厉氏集团，两天没有露面的厉家晨终于出现在办公室。

"厉总，真是好久不见。"周言皮笑肉不笑地盯着他说道。

宋夫人来了A市，厉家晨这个准女婿鞍前马后陪了两天，这个消息，整个集团都传疯了。

厉家晨这两天被家里的老头子念叨烦了，心里憋着气，正愁没地方撒，他把搭在手上的西装一扔，语气有点儿冲："有屁快放！"

"厉家晨，做人好歹有点儿良心。"看他这个态度，周言气不打一处来，说道，"你这是要和宋文薇定了？"

"谁说的？"厉家晨眼里冷光一闪，宋夫人这两天恩威并施，话里话外地敲打他，他现在听到"宋文薇"三个字就反感。

"大家都这么说，难道还有假啊？"周言急了，问道，"谁不知道你这两天陪着她们母女，就是准女婿见丈母娘的节奏啊！"

厉家晨靠在椅子上，微微闭上了眼，说道："我跟宋文薇是不可能的。"

"家晨，你到底是怎么想的？我真是越来越搞不懂了。"周言叹了一口

气，颇为无奈地说道，"那好，我问你，你打算和小唯怎么办？"

"什么意思？"听到许若唯的名字，厉家晨猛地睁开了眼，瞪着周言，声音有一丝紧绷，"你去见她了？"

"对。"周言毫不避讳地看着他，沉声说道，"小唯把什么都告诉我了，家晨，你到底想干什么？如果你没想过和她复合，就不要再去打扰她的生活了，好吗？"

"打扰？"厉家晨突然攥紧了拳头，他狠狠地盯着周言，心里有种说不出的愤怒和乖戾，他忍了又忍，最终还是转过头，哑声道，"这些事不用你管。"

"你以为我吃饱了撑着啊？"周言气得直跳脚，没好气地说道，"是小唯拜托我的，她说她现在这样很好，希望你不要再捣乱了。"

说起这个，周言就满肚子的火。面前这家伙到底有多恶劣，才会带着宋文薇去示威？他用脚趾头都能想到，厉家晨当时是怎样一张刻薄的嘴脸。

"她拜托你的？"厉家晨绷紧了身体，喃喃自语。

"家晨，这次你太过分了，就算你们分手了，难道不能做朋友吗？"想到许若唯在电话里难过的语气，周言的语气又重了几分，"你这样欺辱小唯有意思吗？两年了，她也要有自己的新生活……"

"我不准！"厉家晨低吼了一句，眼底是疯狂的执拗。

许若唯要丢开过往，重新开始新的生活？和别的男人一起？不！光是想想他就觉得难受。

"厉家晨，你到底想干什么？你要是还喜欢小唯，就去把她追回来啊！为什么还要和宋文薇牵扯不清？"周言算是看明白了，厉家晨根本不打算对许若唯放手，这个自私的家伙！

　　周言越想越气，冲过去攥住他的领口，吼道："你这个浑蛋！"

　　"你以为我不想吗？"被周言逼到退无可退，厉家晨痛苦地低吼一声，一把甩开周言，紧攥的拳头狠狠地砸在办公桌上。

　　如果可以，他也不愿意让自己陷入无休止的矛盾中。

　　"你在说什么？你还喜欢小唯是吗？那你们可以重新开始啊！"周言恨不得砸开他的脑袋，看看这家伙到底在想什么。

　　"不可能的，不可能的……"厉家晨神色痛苦，激动地冲他大吼，"你什么都不知道！"

　　"那你告诉我啊！家晨，有什么事你不能跟我说呢？"周言敏锐地察觉到不对劲，他一把拽过厉家晨，问道，"你是不是隐瞒了什么？家晨，你做了什么对不起小唯的事吗？"

　　"是，我是对不起她，可是我又有什么错？"厉家晨痛苦地低吼道，"周言，我恨透了许家，你知道吗？可她偏偏是许家的女儿！为什么要这样捉弄我？我心里比谁都不好过！"

　　"许家？"周言瞪大了眼睛，他心里越来越慌，为即将揭开的真相而惶恐。

　　厉家晨狠狠地砸着墙壁，他的手仿佛感觉不到痛，血迹斑斑点点地渗开，他却好像没看到。

　　汹涌的情感就像是一阵阵海浪，几乎要把他淹没，他垂着头，苦涩地问道："你知道我妈是怎么死的吗？"

　　"不是车祸吗？"周言回答了一句，他有些蒙了。

　　"是许安伟那个浑蛋，他……他侵犯了我妈。"厉家晨哂笑了一下，冷声说，"那时候，我们家的生意遇到一些问题，而我妈和我爸结婚前曾跟许

安伟有过一段恋情，她便想着找许安伟帮忙，没想到许安伟竟提出了那样的要求……后来，家里的难关虽然渡过了，但这件事也被我爸发觉了，我妈内疚自责，那段时间每天神情恍惚，这才出了车祸。"

真相总是这么丑陋不堪，听到厉家晨的话，周言吃惊地张大嘴巴，第一次知道，原来厉家晨和许家还有这么一番恩怨，难怪当年他突然去B市创业，想来就是为了接近报复许安伟。

"那小唯……"周言总算找到了自己的声音，他厉声问道，"你和小唯在一起，难道也只是为了报复许家？"

周言恶狠狠地瞪着厉家晨，仿佛只要他说出一个"是"字，他的拳头就会立刻挥过去。

小唯，那个曾经让他动心过的女孩，那么单纯美好，厉家晨怎么能这样对她呢？

提到许若唯，厉家晨没有说话，瘫倒在椅子上，他一手捂着脸，一手无力地搭在桌面上，任谁都看得出他此时的痛苦。

看到厉家晨这个样子，周言的拳头也慢慢松了下来，转过身离开了。

也对，要是家晨对小唯只是利用，他这两年来就不会把自己弄得像个机器了。

CHAPTER 第六章

06

THE SKY
OF LOVING IS RAINING

他紧紧地抱着她，
一遍遍叫着她的名字

　　"暗涌"是A市赫赫有名的酒吧，来这里的人很多，而且各个身份不俗。

　　"来来来，厉总，难得您给面子，这一杯我干了，您随意。"二楼的某个包厢里，穿着西装的男人对厉家晨举了举酒杯，厉家晨举起手中从未空过的杯子，扯了扯嘴角，一仰头，将手里的酒一饮而尽。

　　周言离得远，迷蒙的灯光里，他忍不住多看了厉家晨几眼。

　　这家伙，今天晚上跟抽风了似的，都不知道喝了多少杯，虽然平常应酬不少，可要是他不愿意，也没人能强迫他。

　　同一个地方，嘈杂的包厢外，许若唯正低着头，端着一盘子酒，推开了另一个包厢的门。

　　同样昏暗的灯光，同样喧闹的人群，许若唯瑟缩了一下，然后鼓起勇气走上前。

　　"这小妞长得不错啊。"不知道谁吹了一声口哨，周围的人都跟着嬉皮笑脸地闹起来。

　　许若唯更加窘迫了，磨磨蹭蹭的，咬着嘴唇，脸涨得红红的。

　　那些落在她身上的目光好像有温度一样，又好像刀子似的，她觉得自己有一种没穿衣服的难堪。

　　"推销酒是吧？"一个中年男人笑着站起来，伸手在许若唯的脸上飞快地抓了一把。

许若唯哆嗦了一下，双手紧紧攥着盘子，忍着心里的羞耻感，轻轻"嗯"了一声。

"这样吧，小姑娘，你看我们这都是大老爷们，不如你陪我们喝几杯？"

"我，我不会喝酒。"

"不会喝酒那怎么行啊？"男人说完，其余人哈哈大笑起来。

"这样吧，你喝一瓶，我们就买一扎啤酒，怎么样？"

许若唯的目光闪了闪，她需要钱。如果她豁出去，多喝几瓶，那今天晚上的提成就能多拿一点儿了。

"那我谢谢各位了。"她的鼻子酸酸的，面上却不得不挤出笑容，她也不管自己会不会喝酒，拿过一瓶啤酒，二话不说就往嘴里灌。

涩涩的味道，夹着一些陌生的奇怪的口感，许若唯猛地喝了一大口，那些看戏的中年男人纷纷叫了起来："好！小姑娘有胆量！"

许若唯抹了一把嘴，再次拿起了酒瓶。

那些冰凉的液体顺着咽喉流下去，瞬间让她整个人都冷了起来，有点儿像眼泪的滋味。她忍住心酸，将空了的酒瓶往桌子上一搁，喘着气说道："一瓶了。"

"行啊，再来。"中年男人拍着手，逗趣道。

许若唯没有时间感伤，她豁出去了，伸手抓过另一个酒瓶。

周围一道道目光扫过来，鄙夷的、调戏的、笑闹的、觊觎的、不屑的……就像是打翻了调色盘，混杂在一起，分不清谁是谁。重要的是，他们是看客，而她是被动的任人捉弄的戏子。

手中的啤酒一瓶接着一瓶，许若唯渐渐麻木了。尽管脑袋变得昏沉，她

心里那股屈辱感却始终挥之不去。

第六个空瓶子扔在桌上，许若唯终于撑不住了，胃里一阵接着一阵地翻涌。

"怎么了，还喝不喝？"人群里有人起哄了。

许若唯摇了摇头，忍着强烈的不适，说道："说话算话，我喝了六瓶。"

此时她有些晕乎乎的，脸蛋红扑扑的，酒气让她那双清澈的眼睛变得水蒙蒙的。这群人虽然有些恶趣味地捉弄许若唯，但好在也爽快，见她喝了酒，当下就买了六扎啤酒。

见此，许若唯心里一松，先前多难受她都忍着，现在见生意成了，才跌跌撞撞地出了包厢，朝洗手间直奔而去。

她甚至来不及进到女厕所，就扶着洗手间的墙壁，蹲下身，"哇"的吐了起来。

耳边都是喧嚣的音乐，将她痛苦的呻吟声淹没了。

"厉总，这是要干吗去？"酒过三巡，大家玩得正嗨，厉家晨却起身站了起来。

周言听到动静，抬头一看，厉家晨皱着眉头，右手捂在胃部，他心里有数，连忙挤了过去，低声问道："胃疼又犯了？"

厉家晨拧着眉，也许是酒喝得急了，胃里现在一阵火辣辣的疼。

"我没事，去一下洗手间。"他低声说了一句，拒绝了周言的陪伴，一个人出了包厢。

被外头的风一吹，人更清醒了几分。他虽然喝得多，不过是想借酒浇愁，此刻心里的那些愁绪反而越来越清晰，沉甸甸地压着，不过沉重的步伐在推开洗手间大门的那一刻霎时停住了。

"暗涌"的洗手间设计和别家不同，推开门是一面巨大的落地镜，左右各有一条走廊，分别通往男女厕所。

厉家晨并没有往左边走，他一动不动地看着墙角蹲着的那个人影，虽然只是个背影，他却一眼就认出来了。

"若若，你怎么在这里？"确认这并不是自己的幻觉，他快步走过去问道。

许若唯正吐得昏天暗地，她第一次喝这么多啤酒，心里始终又有抵抗的情绪，这会儿恨不得把胃里的东西都吐得干干净净。

厉家晨眼神一暗，蹲下身，轻轻替她拍打着背，语气里有些责备："你什么时候学会喝酒了？"

许若唯抬起头，看到是厉家晨，不知怎的，心里更加委屈，那股酸意怎么也止不住。

"不要你管。"她伸手推开他，转过脸，不想让他看到自己这么狼狈的样子。

厉家晨眼底几乎要喷出火来，心疼和愤怒交织在一起，他有些口不择言："那你让谁管？你的谭经理吗？他人呢？"他下意识地认为许若唯是和同事一起来聚会，说不定那个谭森宇也在场。

许若唯没有解释，她扶着墙壁站起来，摇摇晃晃地要往外走。

厉家晨急了，一把拉住她，霸道地说道："我送你回去。"

"不用麻烦你了。"

许若唯挣扎着要甩开他的手，眼里闪过一丝慌乱，她不想让他知道自己现在做的工作，她下意识地想逃。但是厉家晨误会了，反而紧紧钳着她的

手，哪怕她疼得连连低呼，他也充耳不闻。

"你放开我！"许若唯又是委屈又是疼痛，眼底泛起了一层水雾，昏沉沉的脑袋似乎也更晕了，她急切地想要离开这里，不愿意让厉家晨看到自己的窘态。

"你就这么迫不及待地要去见他？"厉家晨低吼道，一把将她按在墙壁上，浓浓的酒气喷在她脸上。

他这个样子像极了那些动手动脚的客人，许若唯心里满是屈辱。她控制不住地颤抖，眼泪像断线的珠子一样往下掉。见此，厉家晨仿佛被人烫了一下，他感觉自己的心都揪到了一处，狠狠地痛着。

"许若唯，你就这么讨厌我？"厉家晨痛声说道，"好，我不管你，那你能不能别这么作践自己？喝得醉醺醺的，是要让那个男人有机可乘吗？"他一时被嫉妒冲昏了头脑，只要想到许若唯在别的男人身边，就油然而生一股怒火。

许若唯从小接受最好的教育，现在却要屈服于现实，到这种场所工作，本来内心已经纠结至极，听到厉家晨的话，她更加觉得字字诛心。

"我就是讨厌你！"她挣不开，也不知道哪里来的勇气，咬在厉家晨的胳膊上。厉家晨猝不及防，手一松，许若唯趁机推开他，一溜烟地跑开了，只听见身后的人喊着她的名字。

这样的情形其实不是第一次，曾经他陪她逛街，她贪玩走失了，他也这样大喊她的名字，站在人来人往的街上，不顾路人异样的眼光，满心担忧地寻找她。而如今，他们都回不去那单纯的时光了。

到了凌晨，"暗涌"的夜色依然迷人，灯红酒绿不熄。

许若唯不知道吐了几回，她捶打着发酸的小腿，按时到值班处交接，然后才换好衣服离开酒吧。

凌晨的街道冷冷清清的，几乎看不到什么人，她挥手叫了出租车。

"小姑娘，这么晚才回家啊？"司机长长地打了一个哈欠，有一茬没一茬地和她搭话。

"嗯。"许若唯胡乱地应了一声，窝在座位上，困顿地闭上了眼睛。

前头的司机搭讪了几次，没听到回应，扭头一看，见许若唯睡着了，嘀咕道："就这么睡了啊，现在的小姑娘胆子可真大，也不怕我把她给卖了。"

许若唯虽然闭着眼，也没有搭话，不过她其实没有睡着。尽管她是真的很累，身心都累的那种，但不知怎的，她就是睡不着。而这两天发生的事情就像电影一样，在她的脑海里回放。

她已经在这家酒吧上了两天班，从最开始的茫然无措，到现在能咬着牙陪客人喝酒，可以说是进步飞快——没办法，谁让她需要钱呢？

如果一个星期前，有人跟许若唯说她会到酒吧当推销员，她一定会觉得好笑，可是现在……她苦涩地笑了笑，这个工作虽然说起来不光彩，但是挣钱快，薪水也多，她已经很满足了。

她回到家的时候，魏琳还没有休息，而是窝在沙发上，守着电视机等她。

"Vring，你怎么还没睡？"许若唯打着哈欠，看了看时钟，已经快一点了。

"你还说呢，我就是为了等你。"魏琳揉了揉眼睛，拿起遥控器关了电视。

"下次别等我了，我下班晚，你自己先睡。"许若唯懒懒地趴在沙发上

不想动，连澡也不想去洗。

看到许若唯这个样子，魏琳皱起了眉头，想了想，说道："我越想越不放心，你晚上上班的那个地方安全吗？"

其实魏琳不大同意许若唯晚上出去，虽然可以挣外快，但毕竟不安全。要是她能陪着许若唯一起就好了，可惜她这个摄影助理的工作太变态，随时一个电话，杂志社就可能让她去加班或者出外景。

许若唯有点儿心虚，她将脑袋埋进抱枕里，闷闷地说道："我都说了，是在同事亲戚家的餐馆做事，没什么不安全的。"

"可是餐馆那种地方也挺乱的，你看，你这才去了第一天，就带了一身酒味回来。"

"哎呀，那是老板娘请我吃晚饭，所以喝了点儿啤酒，就一点点。"许若唯说着，伸出一只手，用小手指比了比。

魏琳知道许若唯着急赚钱，但也担心她的安全问题，犹豫了一会儿，皱着眉头说道："要不还是算了吧，你白天要去商场站一天，晚上还要出去工作，身体怎么吃得消呢？"

许若唯听闻，从沙发上站起来，将魏琳往房间里推，笑道："好啦，你去睡觉吧，别担心我了。这份工作薪水很高，我现在要快点儿攒钱。"

不等魏琳反应过来，许若唯冲她挥了挥手，关上了她房间的门，说道："晚安！"

第二天上班，许若唯看着镜子里自己的黑眼圈，无奈地摇摇头，多打了一层粉底。

"小唯，早啊。"赵丽笑眯眯地跟她打招呼，从包里掏出一个饭盒，递给许若唯，"给你的。"

"小丽，你不用再给我带午饭了。"许若唯好笑地说道，"我感觉自己就像是被你包养的小白脸。"

"小白脸哪有你长得好？"赵丽一个劲地将饭盒往她包里塞，"反正我的午饭也是自己做，顺便给你带一份，而且又没有大鱼大肉。"

自从许若唯晚上找了兼职之后，她就压根本没有时间准备午饭，头一天是买了面包和牛奶对付，第二天赵丽就很贴心地帮她带了午饭。

"小丽，谢谢你了。"对于这个可爱姑娘，许若唯是真心的感激。

这次在酒吧的工作，也是赵丽无意中看到她在网上找兼职，主动给她介绍的。本来这种场所就算薪水再高，许若唯可能也没有勇气去尝试，但赵丽特别热心，介绍的酒吧都是她以前工作过的，而且还介绍娟姐给她认识，托对方照顾她。

"这算什么呀，谁没有为难的时候。"虽然赵丽不知道许若唯到底遇到什么难关，但她很能理解，毕竟她以前也经历过苦日子，不然也不会去酒吧上班。

赵丽见许若唯有些不好意思，故意逗她，大大咧咧地笑道："我替你算算啊，嗯……我觉得你一定会嫁得很好，'钱'途不可限量啊，现在是老天在考验你哦。"

许若唯知道她是在变相地安慰自己，暖暖一笑："好吧，如果我嫁得很好，就给你介绍男朋友，怎么样？"

赵丽笑着扑过来，嚷道："小唯，你真是太了解我了！"

打两份工的日子虽然很辛苦，有了魏琳和赵丽的陪伴，许若唯咬咬牙也坚持下来了。她现在不怕吃苦，唯一担心的就是不能及时凑到50万，她不敢

125

想象失去父亲的画面。

晚上7点，许若唯准时来到"暗涌"，换上工作服，又开始了晚上的工作。

"小唯，7号贵宾包厢的客人点名让你过去。"许若唯刚收拾好，娟姐就匆匆地走过来。

许若唯一愣，很快点了点头。

她来这里上班也有几天了，已经有客人会直接点她的名，这对她来说无疑是好事，意味着可以拿更多的提成。

"这新来的呢，也不掂掂自己几斤几两。"娟姐刚走，值班室里立刻有人讥讽起来。

"就是，不就仗着一张脸吗？有些人啊就是不懂规矩。"

女人耍起嘴上功夫，那真是一流，许若唯忍了又忍，最终还是没有吭声，低着头推开门走了。

"安妮，你看看她那样子。"一个女人恶意挑拨道，"贱丫头，太目中无人了，你给她一点儿苦头吃，让她长点儿教训。"

的确，许若唯年纪轻轻，不仅长得好，气质干净，即使随便扎个马尾，穿着黑色的工作裙，看上去也像一个公主，难怪会深受那些客人的喜欢，也难怪这些女人会嫉妒。

名叫安妮的女人冷哼了一声，抖了抖烟灰，染了红色指甲油的指甲显得冷艳动人，和她脸上的表情如出一辙。

许若唯？这个人她倒是有点儿印象。记得有天晚上，她刚巧撞见那个小姑娘被经理训话。

"安妮？"见安妮发呆，其他人叫了几声。对酒吧里这个出了名的冷美人，大伙还是有几分发憷。

"管好你们的嘴巴。"回过神，安妮冷冷地丢下一句话，扔了烟蒂，踩着高跟鞋妖娆地走了。

与此同时，包厢里，许若唯被一群人拦了下来，也许是她长得太过可人，他们一个个拉着她不让走。

"您别这样，我敬您一杯好了。"许若唯尴尬地闪躲着对方的手，抓起桌上的酒杯说道，"您大人有大量，我还有工作呢。"

"什么工作，你不就是要推销酒吗？"那个三十出头的男人晒笑了一声，从钱包里掏出一沓现金，摔在桌子上说道，"喏，这些都是你的了，够你卖多少啤酒了。"

许若唯咬住了下嘴唇，想要挣脱那只按在她肩膀上的手，也想将那沓钱砸回去，但最终她只是深吸了一口气，哆嗦着将那沓厚厚的钱收了起来。

"谢谢您这么赏脸。"许若唯挤出一个笑容，将手中的酒杯一饮而尽。

"来来来，咱们喝个交杯酒。"对方笑眯眯的，又倒了两杯酒。

许若唯没有吭声，接过杯子，两人手臂绕着手臂，低头饮酒。

这个晚上，许若唯真的不知道自己是怎么撑过来的。到了12点，她一刻也不愿多待，匆匆忙忙地跑出了酒吧。

此时天气有点儿冷，没走几步，胃里一阵闹腾，她蹲在角落，吐得稀里哗啦。

想到刚刚包厢里的那一幕，想到那只让人恶心的手，许若唯再也忍不住，捂着嘴呜呜地哭了起来。

她在想，是不是她20岁之前就把所有的好运都用光了。如果不是的话，为什么她现在的生活这么艰难？她已经不再奢望厉家晨的爱情，她只想和父

亲好好地生活，而这都成了奢望。

摸着鼓鼓的手提包，许若唯更加心酸了。那个客人的确很大方，甩手就给了一大叠小费，这都是父亲的救命钱。

抹了抹眼泪，她刚要站起来，一阵清脆的高跟鞋踩地声传了过来。

"是你呀。"安妮吐了一个烟圈，红唇勾了起来，说道，"我还以为是哪个没爹没妈的小乞丐在这里哭呢。"

许若唯有点儿蒙，这个安妮她是知道的，"暗涌"头号冷美人，娟姐偷偷跟她说过，千万不要得罪安妮，因为对方认识好些有身份的大人物。

难道她也和那些女人一样，不满自己抢了生意？不对，她这种级别的，应该也不在乎这点儿小钱吧？

许若唯忐忑地瞅了安妮几眼，看不出对方到底什么意思。

"喂，你还不起来？也不嫌丢人。"安妮睨视了许若唯一眼，从眉梢到眼角都透着一股风情。

许若唯闻言赶紧站起来，低着头，一时也不知道要说什么，有点儿像做错事被抓住的孩子。

安妮吸了一口烟，似笑非笑地看着许若唯哭红的眼睛，半晌扔出一句话："你爸死了？"

许若唯愣了一下，马上瞪了她一眼，有点儿愤怒。

这人怎么说话呢，哪有开口就咒人父亲出事的？

"别瞪我。"安妮挑了挑眉，说道，"你爸还没死呢，你哭什么哭，有这个时间，还不如多挣点儿钱，你不是要给他看病吗？"

原来她是这个意思！

许若唯反应慢了半拍，迟疑地问道："你怎么知道我爸生病了？"

"你管我怎么知道的？"安妮吸了一口烟，将烟蒂一掸，似乎有点儿不耐烦地说道，"我就是看不惯你们这些小女生哭哭啼啼的，给谁看啊？又不是让你卖身，拉下手摸个腿会死人啊，有钱拿才是最重要的。"

她不着痕迹地扫了许若唯一眼，也不管她有没有听懂，转身就走回了酒吧。

许若唯说不上心里是什么感觉，她紧紧地抱着手提包，看着安妮妖娆的身影，久久没有回过神来。

第二天晚上，再遇到安妮的时候，许若唯总有一丝不自在。对方倒是毫不介意，一副没有发生任何事的表情。

对于安妮，其实许若唯心里还是有一丝感激的，不管对方是出于什么心思，但毕竟是开导了她。现在对她而言，最重要的不就是凑齐50万吗？那些小委屈，她都可以忍。

"许小姐，麻烦你扶我去一下洗手间。"许若唯刚一晃神，一个男人就凑了过来，双手还不老实地往她腰上放。

"赵先生，您喝多了。"这个男人几次要动手动脚，许若唯虽然有些不快，但她还是笑着站起身躲开他，说道，"我带您去洗手间吧。"

"我是喝多了，你扶着我吧。"对方明显是借酒装疯。

包厢其他的人也跟着起哄，发出暧昧的嬉笑声，许若唯忍了又忍，走过去搀住了他的胳膊。

"隔壁挺热闹的。"周言从外头进来，随手关上了包厢的门，相比之下，他们这里要安静很多。

厉家晨也不知道发什么疯，一连两天都叫上人来这里聚会，从坐下到现

在，他手里的酒杯就没有空过。

"厉总可是大忙人，今天怎么有时间找我们出去？"一个公子哥和厉家晨碰了碰酒杯。

厉家晨一口干了杯子里的酒，伸手又要去拿酒瓶。周言及时制止了他："你这是干吗，不要你的胃了？"

厉家晨瞪了他一眼，灌了一个晚上的酒，他心里那点儿火还是烧得旺旺的。

谁知道他为什么要来这里呢？也许真是疯了，许若唯不是叫他别去打扰她吗？所以他便想着在这里偶遇。

他越想越觉得自己可笑，到最后他真的笑出来了，越笑越大声，让周围那群人面面相觑。

"家晨，你喝多了，去洗把脸吧。"周言连忙给他打圆场，推了他一把。

与此同时，许若唯被那位赵先生纠缠不放。两人到了洗手间门口，许若唯原本打算趁他进去，自己也好脱身，谁知道那家伙心怀不轨，竟然和她拉扯起来。

"赵先生，您喝多了。"许若唯忍着满腔怒火，伸手去推他。

姓赵的男人明显是故意的，他赖在许若唯身上不起来，一双手不安分地在她背上游走。

"赵先生，请您自重！"许若唯大惊，也顾不得其他，奋力挣开他的手。

"给你脸还不要脸了？"对方恼羞成怒，拉住要跑的许若唯，一把将她按在墙上，低头就要亲她。

许若唯又急又怕，奋力挣扎，一口咬在对方的肩膀上。

"你敢咬我？小贱人！"姓赵的男人吃痛，一个耳光抡了过去，骂骂咧咧地说道，"既然你敬酒不吃吃罚酒，就别怪我不客气了。"

许若唯被扇了个正着，脸上火辣辣的疼，此刻她却顾不上这些了，因为对方将她困在怀里，一手死死按住她的肩膀，一手去扯她的衣服。

"嘶啦"一声，随着布料被撕碎的声音，许若唯肩部的肌肤露了出来。

"你放开我！"许若唯一边拼命地拳打脚踢，一边扯着嗓子嚷嚷，"救命啊！你个浑蛋，你放开我！"

姓赵的男人看她春光外泄，色心又起了几分，他也顾不得这里人来人往，拖着她就往角落里走。

"救命……啊！"许若唯遏制不住地尖叫，突然，上一秒还对她动手动脚的人下一秒就满脸鲜血地倒在了一旁。

"若若！"姓赵的男人倒下后，厉家晨看着许若唯浑身颤抖的模样，心里的疼痛更多了一些，忍不住对他狠狠地踹了几脚。

原本厉家晨在走廊上抽烟，要不是听到动静，出于好奇过来瞅了一眼，他都不知道许若唯遭遇了这样的事。

差一点儿，只差一点儿，他的若若就要被人欺负了。

厉家晨发现自己的双手竟然在颤抖，他毫不犹豫地抱住许若唯，庆幸他及时赶到了。

突然被一个男人抱住，许若唯下意识地挣扎了一番，刚才的一幕实在太过惊骇，她还沉浸在恐惧中，对厉家晨拳打脚踢，狠狠地咬着他的肩。

"放开我，你这个浑蛋！"她哽咽着，浑身都在颤抖，就像一只受惊的小兔子。

厉家晨由着她打骂，她吓成这样，由此可见她刚刚受了多大的惊吓。想到这里，他心里一痛，紧紧地抱着她，一遍遍叫着她的名字。

"你小子是谁？竟然敢坏老子的事？"不知道什么时候，姓赵的男人晃悠悠地从地上站起来，他摸了摸后脑勺，一手的鲜血，顿时更火了，怒道，"你有种给我等着！"

厉家晨现在恨不得再揍他一顿，听他这样大放厥词，冷冷一笑道："我倒是等着，看看你死得有多难看！"

"你……好好好，咱们走着瞧！"姓赵的男人有心想和厉家晨干一架，可惜对方年轻强壮，自己又受了伤，实在占不到便宜，不过他这口气怎么也咽不下，目光瞥到许若唯，顿时来了底气，恶狠狠地说道，"小贱人，你就等着收拾东西走人吧！"

撂下话，姓赵的男人便气势汹汹地走了。厉家晨闻言晃了一下神，然后猛地明白过来：原来许若唯在这家酒吧上班。

知道缘由，他心里又急又气，带着几分责备地问道："你怎么会跑来这里上班？"

许若唯在他怀里渐渐缓过神来，听到他的怒吼，她鼻子一酸，眼泪再次流出来，但这不是生气，也不是被吓的，而是庆幸和感激。

她庆幸他出现了，就像很久以前，他找到了她，她被他温暖的臂膀抱着。逃避许久，许若唯终于发觉，自己有多么需要这个怀抱，又有多么想他……

看到她的眼泪，厉家晨更加心疼了。他不是故意凶她，但这种地方，许若唯根本不应该来，他是恼她不爱惜自己。

"马上把工作辞了！"厉家晨板着脸，硬邦邦地丢下一句话。

许若唯颤抖着整理好自己的衣服，刚才发生的一切的确吓到了她，可是她总不能因为这样就不干了，她需要这份工作。

"你听到没有？"见许若唯没有反应，厉家晨心里像烧着一把火，他实在无法忍受，是不是在自己没有看到的时候，许若唯一次次被人欺负了？

"不用你管。"许若唯扶着墙，颤巍巍地站起来，倔强地回了他一句。

既然他看到了，那也没有什么好遮掩的了，她心酸地想，反正她早就不是两年前的公主了，他骂她堕落，那就让他骂好了。

"许若唯，你真是要逼疯我！"厉家晨紧紧地攥着她的胳膊，眼睛里发出慑人的光，连带着他手上的力道也越来越大。

许若唯痛得皱起眉头，他却仿佛没有看见。

"厉家晨，我不需要你管！既然两年前就选择了不管我，现在又冒出来干什么？"也许是今夜发生的一切刺激了许若唯，她此刻只想把埋在心里早就想跟他说的话说出来，"怎么，你觉得我不爱惜自己？难道这一切不是拜你所赐吗？我该感谢你给了我一个成长的机会，我现在能养活自己，我觉得很好，不然，我还是以前那个蠢到无可救药的笨蛋！"

"不是的，我……"我只是担心你。

厉家晨看着那双被泪水洗过的眼睛，一时竟然说不出口。

这一切都错了，从两年前开始就错了。

许若唯吼完这番话，也不去看厉家晨，扶着墙壁，摇摇晃晃地走出了洗手间。厉家晨几次想伸出手拉住那个身影，可他终究没有动。

是啊……他有什么资格？有什么立场？又有什么借口去放纵自己？

前所未有的无力感涌上心头，良久，他才慢慢走出洗手间，掏出了手机。

"厉总，您有什么吩咐？"电话接通，对方恭敬地问道。

"帮我查一个人。"许若唯一定是遇到什么事了，不管她是怎么想的，他不可能眼睁睁地看着她待在酒吧这种地方。

她是他心里最纯洁的那株百合花，谁也不能伤害她，包括他自己。

这一夜似乎格外难熬，许若唯穿着被撕破的衣服，回到值班室去换。顶着各种嘲笑和看好戏的目光，她却早已麻木，脸上看不出任何表情。

"难怪人家业绩那么好，原来有秘诀的呀。"不知道是谁奚落了一句，很快，各种嘲讽都蜂拥而至。

许若唯不为所动，木然地换着衣服。

"说你呢，还有没有羞耻心啊？"

"就是啊，只是在酒吧推销酒而已，还真把自己当陪酒小姐啦？"

一声高过一声的讥讽声中，娟姐推开门走了进来，那些声音顿时戛然而止。

"闹什么闹？还不去工作？"娟姐喝了一声，尽管那些人不乐意，却也乖乖地闭上了嘴。

娟姐走到许若唯跟前，脸上带着一丝歉意，说道："小唯，刚才的事我也听说了，你别担心。有人在经理面前打了招呼，就算那个浑蛋要闹，经理也不会把你怎么样的。"

听她这么一说，周围的耳朵都竖了起来，看向许若唯的目光更加复杂了。

能在经理面前开口保人，那人身份肯定不低，想不到这个许若唯没来多久，居然勾搭上了这么一号人物。

许若唯低下头，轻轻绞着自己的衣角，她心里知道，这个人肯定是厉家晨。

娟姐的目光也透着几分探究，见许若唯不肯说，她笑了笑："今天吓到你了，你就提前下班吧。"

"娟姐，我……"许若唯急了，要是这样，那她今天晚上算是白干了。

知道她的担心，娟姐拍了拍她的肩，安慰道："没事的，你好好回去休息吧。"

许若唯"嗯"了一声，说道："谢谢娟姐。"

走出酒吧，许若唯一直紧绷的神经总算松了下来，她摸了摸手心，这初秋的夜里，她两手居然还在冒汗。

忍忍吧，一切总会好的。她叹了一口气，低头往前走。

"许若唯。"忽然，不知从哪里伸出一只手，将她拽了过去。她吃惊地抬起头，看见厉家晨冷着脸，静静地站在自己面前。

"你怎么在这里？"许若唯避开他的目光，暗想，难道他一直在门口等自己？

厉家晨没有吭声，嘴唇紧紧抿着。接了秘书的电话之后，他就一直在门口等着。一来，他不知道要去哪里找许若唯，只能守株待兔；二来，他也需要时间说服自己。

原来她一天打两份工，就是为了筹钱，想把许安伟接出来治病。厉家晨犹豫了，他第一个念头就是什么也不管，带许若唯离开这个鬼地方，好好照顾她，可是……这也意味着他要帮她把许安伟接出监狱。

许安伟，那是间接害死他母亲的凶手，是他的仇人，是被他亲手送进监狱的，难道现在又要他亲手接出来？

兜兜转转绕了一圈，他当初做的一切又有什么意义呢？他到底该何去何

从？

厉家晨盯着许若唯，目光越来越复杂，说不出的克制和隐忍，他有多爱许若唯，此刻就有多纠结。

许若唯见他冷着一张脸不吭声，心里渐渐有点儿酸涩，他果然是鄙夷她了，连话都不愿和她说了。

她咬着牙，转身想要离开。

"许若唯，你马上辞职。"厉家晨突然开口，他说得很快，就像担心自己下一刻会反悔似的，"我可以给你钱，帮你……帮你爸办理保外就医。"

听了厉家晨的话，许若唯霍然转过身，直直地盯着他，接着冷笑道："厉家晨，你是不是觉得我应该感激涕零地接受？"

他以为她是什么？乞丐吗？所以他可以这样趾高气扬地施舍？许若唯可悲地想，她只是不如他洒脱而已，为什么要被他这样轻贱？

"你宁愿在这种地方上班，作践自己，也不愿意接受我的好意？"厉家晨难以置信地盯着许若唯，胸腔的怒火越烧越旺。

"对，我就是爱作践自己！"许若唯气得浑身发颤，毫不示弱地吼回去，"我让谁帮，也不需要你帮！"

许若唯的话就像一只大手恶意地攥着厉家晨的咽喉，让他呼吸不过来。

厉家晨狠狠地瞪着她，愤怒让他口不择言："谁会帮你？那些喝酒买醉的人？许若唯，你不是有骨气吗？那你怎么还在这里任人轻贱？"

他的话让许若唯的脸色"唰"的白了，她颤抖着，一个耳光扇了过去。

厉家晨一把抓住了她的手，看着她惨白得没有血色的脸，心里生出一股奇异的报复快感。

"你好好考虑一下，反正是卖，卖给别人，还不如卖给我。"厉家晨浑然不觉自己说的话有多过分，他恶狠狠地想，凭什么只有他一个人在煎熬？他不好过，那他也要让许若唯不舒坦。

"厉家晨，你这个浑蛋！"许若唯气得浑身发颤，挣开他的钳制。

"我这个浑蛋能给你100万，帮你爸出狱，怎么样，你要不要考虑？"厉家晨的嘴角泛着冷笑，他慢慢地凑到许若唯的耳边，若有似无地摩挲，恶意地说道，"你卖再多的酒，也挣不到100万的。"

眼泪无声地滑落，许若唯挣扎的动作顿住了，不知道是因为厉家晨说的话，还是因为她想起了许安伟的病。她绝望地闭上了眼睛，任由泪水肆意地爬过脸，长长的睫毛不安地颤动，让人无法不疼惜。

看着许若唯现在的模样，厉家晨陷入一种疯狂的自厌。

他无法说服自己，就这么轻易地向她臣服了，他毫不犹豫地选择了帮助仇人之女，甚至她对自己的心意不屑一顾。他就是犯贱，捧出一颗心让她践踏。可是，他的若若是那么美好，他不能想象这样的她被人践踏。

为难、矛盾、嫉妒、纠结、犹豫，种种情绪绕在一起，说不清道不明。

"厉家晨，你到底想要我怎么样？"许若唯失控地大哭起来，"是，我就是为了钱陪别人喝酒，让别人吃豆腐，我就是不自爱，你满意了吗？"

"你也让别的男人这么碰你吗？"厉家晨红着脸，一只手揽住她的腰摸索游走，看着她屈辱的泪水，他冷酷地说道，"怎么样？是不是我更温柔？许若唯，他们给了你多少钱？放心，我会给你更多。"

"厉总不嫌脏吗？"一颗心坠入冰窟，许若唯看着厉家晨，冷冷地说道，"别的男人碰过了，你还有兴趣？"

她面无表情，就好像说的不是自己，这种自嘲让她有一种奇异的胜利感。

"你闭嘴！"果然，厉家晨被她的话气得不轻，他恶狠狠地朝她低吼。她这种自轻自贱的话，在他听来简直就像一根根刺，刺得他难受至极。

"听不下去了？你不是要买我吗？"许若唯倔强道，"厉总真是大方，养个情人出手就是100万……"

"情人？许若唯，你不配！"她的每一句话就像是拿刀子在捅他，他早就没有了风度和理智，恶声恶气地说，"我就是玩玩而已，养条狗我都会花点儿钱的，何况是你呢？"

许若唯以为自己会哭，奇怪的是她竟然没有。心脏那块地方已经没有知觉了，她生生忍着翻腾的情绪，倔强地盯着厉家晨，不肯开口，也不肯再落泪。

两个人就像是受伤的小兽，舔着伤口的血，倔强地只给对方一个背影。

"你可以再考虑考虑，货比三家。"厉家晨从眼神到语气都透着轻视。他放开许若唯，看到她后退几步，如避蛇蝎，冷冷地说道："不过你最好快一点儿，晚了，我怕我对你没兴趣了。"

不给许若唯说话的机会，他转身就走，将她一个人扔在原地。

等到脚步声远了，许若唯才回过神来，她慢慢蹲下身，抱着膝盖，像个孩子似的啜泣着。

她到底该怎么做呢？向厉家晨低头，当他的宠物？她做不到，那毕竟是她爱过并且还爱着的人，谁都可以践踏她，唯独他不行。

"你怎么这么多眼泪啊？哭完了吗？"一声哂笑从头顶传了过来。

许若唯抬头一看，居然又是安妮。她穿着一件短旗袍，外面裹着一条斜纹方巾，妖娆动人。

她慌忙抹了抹眼泪，有些羞窘，居然又一次让她撞见了。

"刚刚那男的是谁啊？挺帅的嘛。"安妮看了一眼许若唯哭红的眼睛，不动声色地弯了弯嘴角。

许若唯知道她指的是厉家晨，她不愿意多提，敷衍地说道："一个以前的朋友。"

"以前的朋友？他喜欢你吧？"安妮看得出来，她笑了笑，有点儿恶作剧地说，"刚刚你们说的话我都听到了。"

"啊？"许若唯惊愕地看着安妮，难道她一直在附近？她为什么要故意偷听？

"我就是故意偷听的。"安妮毫不在意，她大方承认道，"许若唯，你运气挺好的嘛，还有一个男人愿意帮你出头。"

许若唯不想再多聊这个话题，她打断了安妮："如果你没有什么事，我想回家了。"

"今天晚上的事，我听说了。本来嘛，做我们这一行，被人吃豆腐是常有的事，真要是出了什么事，也只能吃哑巴亏。"安妮好像并没有听到许若唯的话，自顾自地说道，"你算是幸运的了，不过，你也应该明白，你不会次次都这么好运。"

许若唯咬住了下唇，低声问道："你想说什么？"

安妮把玩着自己的指甲，悠悠地说道："其实刚才那男的说得挺对的，你不就是要钱吗？他能给你，你跟着他，总比在这里混好。"

"你不懂。"许若唯低下头，眼眶热热的。

无非是痴男怨女，一段旧情，有什么不懂的？

安妮笑着摇了摇头，并没有说出这番话，转而说道："懂不懂有什么关系？你爸不是还等你救命吗？说句不好听的，就算你想要继续在这里筹钱，

但你爸等得起吗？"

安妮的话，其实许若唯心里比谁都清楚，但是……

"你也别摆出这副死样子，里头不知道多少人羡慕你呢。"安妮指了指酒吧里面，语气有些怅惘，"那男的长得帅，又有钱，你就当谈了一场恋爱，谁吃亏还不一定呢。在这里做推销员，能有什么出头之日？连名声都坏了。"说到后面，她的声音渐渐低下去。

许若唯心里涌起一股奇怪的感觉，她疑惑地问道："你为什么会对我说这些？"

"谁知道呢？"安妮扯了扯嘴角，自嘲地说道，"你就当我多管闲事好了。"

许若唯沉默了一会儿，轻声说道："不管怎么样，我还是要谢谢你。"

安妮神情懒懒的，没有搭话，许若唯小声说了一句"再见"，转过身，走到马路边，挥手拦了一辆出租车。

看着她坐上车，安妮浓妆艳抹的脸上露出几分恍惚之色。

许若唯终究还是幸运的，不像她，她当初也是逼不得已来到这个地方，现在想抽身也没机会了，但愿另一个"她"能好起来，就当完成自己的遗憾。

CHAPTER

第七章

THE SKY
OF LOVING IS RAINING

没什么好心酸的，
至少对象是她爱的人

07

　　"Olive，你到底怎么回事？"魏琳将切好的水果端过来，一连叫了许若唯好几声，对方都没有任何反应。

　　"怎么了？"许若唯歉意地笑了笑，眼睛还有些肿。

　　"你今天是大大的不对劲。"魏琳按住许若唯的肩膀，将她的脸扳过来。

　　许若唯犹豫了一下，支支吾吾地说道："Vring，要是厉家晨……"

　　"厉家晨？那个浑蛋又做什么了？"魏琳不等她把话说完，"啪"的一声拍在案几上，吼道，"这个王八蛋，他到底想干什么？"

　　许若唯微微叹了一口气，出了那样的事之后，魏琳对厉家晨可是深恶痛绝。

　　魏琳看着好友的脸色，无奈地问："他是不是又找你麻烦了？"

　　看到魏琳的反应，许若唯把原本想说出口的话咽了回去，点了点头说道："只是一点儿小麻烦。"

　　"珍爱生命，远离渣男。"魏琳苦口婆心地劝道，"Vring，不要再搭理他了，前面还有大把的帅哥等着你呢，我看那个谭经理就很不错啊。"

　　许若唯听闻笑了笑，完全没有心思谈论这些，她推开魏琳说道："累死了，我去洗澡了。"

"我是认真的，那个谭森宇你可以考虑一下的！"

关上浴室门的那一刻，许若唯听见魏琳的声音远远地传来。

许若唯摇头苦笑，厉家晨扔给她一个烫手的选择题，她现在可是纠结不已，哪里还有精力想这些。

第二天大清早，许若唯的右眼皮一直跳，她有些心神不宁。

"左跳财，右跳灾，该不会有什么不好的事吧？"许若唯忧心忡忡地说道。

"拜托，这种封建迷信你还真相信？"魏琳忙着出门，随手拿了块面包说道，"我先走了。"

许若唯看着镜子里的人，拍了拍自己的脸，深呼了几口气，但愿是她想多了。

整个上午都相安无事，专柜的生意异常的好，许若唯和赵丽几乎忙不过来。眼看快到午餐时间，人渐渐少了，赵丽犯懒了，提前拿着两个饭盒开溜，美其名曰去给许若唯热饭。

"你小心点儿，还有15分钟呢，别让周经理逮到了。"许若唯小声提醒道。

"放心吧，她这会儿肯定缠着谭经理。"赵丽挤眉弄眼地说道，现在整个商场都传开了，周曼妮看上了谭森宇，不惜放下身段，上演一幕女追男的好戏。

说曹操曹操到，许若唯正捂着嘴偷笑，谭森宇走了过来。

"谭经理好。"赵丽慌忙把两个饭盒往背后藏，暗暗感慨自己运气不好。

　　谭森宇一眼就看到了，他笑了笑，没有追究，反而开口道："这周你们都辛苦了，专柜的业绩很好，午餐我犒劳你们。"

　　许若唯有些诧异，这个谭经理实在太体贴了，他调过来没多久，算起来，这已经是他第二次掏腰包了。

　　"这都是我们的工作……"

　　"谭经理，你真是太好了！有你这样的上司，我们愿意鞠躬尽瘁，死而后已！"赵丽及时打断了许若唯的话，开始奉承，上次那顿大餐，她至今还在回味呢。

　　许若唯乐了，这家伙还鞠躬尽瘁，死而后已呢。

　　"小丽的语文学得不错嘛。"谭森宇轻笑了两声。

　　赵丽呵呵傻笑，她扯着许若唯的衣袖，低声说道："你傻啊，不吃白不吃。再说了，你最近那么辛苦，赶紧好好补一补啊！"

　　许若唯哑然失笑，她刚想开口，手机响了起来。

　　"不好意思，我接个电话。"许若唯笑着走到一边，按下了接听键，"喂，请问你是……"

　　"许小姐，这里是A市男子监狱。"对方的声音有些沉重，"你的父亲刚刚再一次晕倒……"

　　"怎么会这样？"许若唯失声叫了起来，上次胃出血，这次又晕倒，难道父亲的病越来越严重了吗？监狱里不是也安排了医生吗？

　　"许小姐，你的父亲现在没有性命之忧，医生已经在救治，你是否要过来一趟？"

　　"好，我马上过去。"许若唯紧紧地攥着手机，心里一阵无力。她现在能做什么呢？赶过去也只能探望一个小时，然后呢？父亲会继续忍受病痛的折磨。

赵丽正聊得开心，看到她神色恍惚，连忙问道："怎么了，出什么事了？"

谭森宇也一脸关切地看着她。

许若唯勉强挤出一个笑容，说道："不好意思，经理，我家里出了点儿急事，下午想请假。"

"没事，你去吧，回头再补请假条。"谭森宇关切道，"有什么需要帮忙的，你尽管说。"

许若唯冲他投去感激的笑容，低声说道："真是不好意思，我先走了。"

赵丽这回没有咋咋呼呼的，趁着谭森宇不注意，凑到她跟前说："你要是手上不方便，不好意思跟经理借，随时打给我。"

许若唯心中感激，点了点头，匆匆忙忙地走了。

看着那个纤细的身影，谭森宇的眉头皱了起来。上次许若唯错过了聚餐，他总有点儿遗憾，想请她吃顿饭，谁知道这次还是这么不凑巧。

赵丽瞅了谭森宇几眼，心里突然冒出一个念头，她故意说道："谭经理，小唯有事情，这大餐咱们还吃吗？"

谭森宇晃了一下神，有点儿尴尬地笑道："当然了，你想吃什么？"

赵丽笑了笑，冲他挥了挥手："谭经理，下次等小唯有空了，大家再一起聚餐吧。"说完，她便揣着两个饭盒往休息室跑去，心里却乐翻了，回头她一定要告诉小唯，谭经理好像真的对她有意思呢！

到达监狱，许若唯六神无主地看着再次病倒的许安伟。

"许小姐，我们还是建议你办理保外就医。"狱方的医生言语恳切，"许安伟先生现在的情况并不理想，他胃里的肿瘤还不能判定是良性还是恶性，得尽快做手术。"

"我知道了，医生，麻烦您先好好照顾我爸。"许若唯看了一眼还在昏睡当中的许安伟，心里困扰了一晚的难题终于有了最后的答案。

短暂的午休之后，接下来又是一个忙碌的下午。

厉氏集团的气氛有点儿低落，上到经理主任，下到打扫厕所的阿姨，所有员工都知道厉总这两天情绪暴躁，万万惹不得。

"这位小姐，你要找我们厉总？"秘书瞅了瞅许若唯，又扫了一眼前台，有点儿责备的意思。

许若唯点点头，不停地绞着双手，脸上还有着明显的犹豫。

"不好意思，请问你有预约吗？"秘书暗暗打量许若唯，她穿着一件寻常的淡绿色裙子，长发及腰，脸上脂粉未施，干干净净的，有一份特别的清丽。

看起来不像那些莺莺燕燕，难道也是来纠缠厉总的？

"我没有预约。"许若唯为难地说道，"我有事找他，如果他很忙，我可以等他。"

秘书犹豫了一下，由于前两天她直接把宋文薇放了上去，结果厉家晨事后狠狠批了她一顿。

"这样吧，许小姐，你稍等，我会通知厉总的。"秘书朝前台丢了个眼色，示意她把许若唯带走。

厉家晨刚刚开完会，发了一通火，回到办公室，脸色还是很不好看。

"家晨，你这两天怎么回事？"周言将要签字的文件递给他，"大姨妈来了？"

"一边去！"厉家晨踹了他一脚。

"得了，我惹不起还躲不起吗？"周言拿着文件，摇头晃脑地往外走，结果门一打开，就看到秘书敲门的手僵在半空中。

"周助理。"秘书偷偷朝里面瞅了一眼，小声问道，"厉总现在心情怎么样？"

周言无奈地耸了耸肩，说道："似乎不怎么好。"

秘书吐了吐舌头，也没走进去，伸手在门上敲了两下，轻声说道："厉总，外面有一位许小姐找你。"

听到秘书的话，正要走出门的周言顿时停下来，疑惑地问道："谁？"

结果没等秘书回答，办公室的门"唰"的被人从里面打开。

"人在哪里？"门打开后，厉家晨看着秘书问道，秘书还没有回过神来，他又不耐烦地问了一句，"人呢？"

"在……在前台。"秘书艰难地咽了咽口水，她还从没有见过厉总这个样子，难道是那个许小姐欠了他的钱？

也许是厉家晨脸上的表情太凶了，他刚要走，周言一把拖住他，嚷道："家晨，你干吗？"

"不关你的事！"厉家晨没兴趣解释，匆忙地走了。

周言皱了皱眉头，还是决定追下楼去看看。

一楼大厅，许若唯正忐忑不安地等着。来的时候没有想这么多，只是想着父亲的病已经刻不容缓，她没有别的办法，而且她潜意识里根本就接受不了再遇到前几天那种危险的情况。

时间一分一秒地过去，等待是件磨人的事，那些勇气和冲动都开始消退，许若唯开始心慌了，忍不住乱想。

如果待会儿他冷冷地嘲笑她该怎么办？如果他说当初的话只是一个玩笑，她又该怎么办？她到底为什么要来这里？她不该来的！

这个念头一冒出来，她立即站起来，同时，一个熟悉的声音远远地传来。

"许若唯，你要去哪里？"

电梯门一打开，厉家晨的目光立刻搜索到了那个娇小的人影。他几乎是不顾形象，一路跑过去的，可等他到了她的跟前，他又慢了下来，冷着一张脸。

听到他的声音，许若唯浑身一僵，缓缓地转过身。她不敢看他，低着头，也不说话，一头乌黑的长发从两侧垂下来，几乎要遮住她整张脸。

厉家晨看不到她脸上的表情，目光落在她的发顶，心情有些复杂：矛盾、难过、心疼，还有不可否认的欣喜。

空荡的大厅里，这两人傻站着，显得格外引人注目，不少员工正偷偷看着好戏。

"厉家晨，我……"许若唯想说"我接受你的条件，你救救我爸"，可是这个简单的句子突然变得很难说出口，她结结巴巴的，心里的羞辱和矜持让她说不出口。

"我愿意……"犹豫半晌，她终于鼓起勇气，刚要说话，却被厉家晨打断了："把你的手机给我。"

她的为难，厉家晨看在眼底，他也不愿逼她到这种地步。说到底，他从来没有想过羞辱她，他只是不知道该如何处理自己的爱恨。

"啊？"许若唯愣了愣，然后将自己的手机递了过去，完全不知道他要干什么。

厉家晨拿过她的手机，按了一串数字，然后又递给她，说道："这是我的手机号码，有什么事就打给我。"

"哦。"许若唯点了点头，脸色还是茫然的，他是什么意思？她这就要卖身给他了吗？父亲的病不能再拖了，她能现在开口让他帮忙吗？

她呆呆的模样让厉家晨真名地喜悦，他扯了扯嘴角，拿出一串钥匙递给她，说道："拿去，我等会儿把地址发到你手机上。"

许若唯再次僵住了，去接钥匙的手颤了一下。这个时候，她有种见不得光的屈辱感。

"我让司机送你过去。"这里人来人往的，并不适合谈话，厉家晨深深地看了她一眼，"下班了我会过去的。"

许若唯"嗯"了一声，见他转身就走，她急急地叫住了他，吞吞吐吐地说道："我爸他……"

听到她提起她的父亲，厉家晨的眼里闪过一丝冷意，很快，他又恢复如常，头也不回地说了一句："这些我会处理的。"

许若唯张了张嘴，她想问他什么时候请律师，什么时候去递交申请，但是对方已经进了电梯。至少他已经答应帮忙了，她在心里安慰自己。

电梯门一打开，周言和秘书匆忙地跑了出来，正好撞上回来的厉家晨，两人都是一愣。

"小唯呢？"周言四处张望，他已经一只脚迈出了电梯，厉家晨又把他拖了回来，不悦地说："你别瞎掺和。"

"嘿，厉总，你这点儿破事我还不管呢，你别欺负我们小唯就行！"周言有心想骂他一顿，碍于秘书也在，他嘟囔了几句，也就不吭声了。

秘书这时候揣着满肚子的好奇，无奈厉家晨黑着一张脸，她只能把这种兴奋之情压了又压。

"对了。"走进办公室之前，厉家晨回头对秘书吩咐道，"以后只要是这位许小姐来找我，你直接把人带到办公室来。"

厉家晨说完就走，没看到秘书惊讶得合不拢的嘴，要知道，这可是连宋文薇都没有过的待遇啊！

公司一楼，许若唯正婉拒司机小王的好意，她宁愿自己坐公交车，这样由专车专人接送，她更加觉得自己像一只被包养的金丝雀。

"许小姐，您别让我为难了，厉总刚刚打电话吩咐我了。"年轻的小伙子为难地说，"您要这样，回头我这工作都保不住了。再说了，您不是厉总的女朋友嘛，这也是厉总爱护您嘛。"

"我不是。"许若唯涩涩地说了一句，但她也不好让一个司机为难，僵持了一会儿，还是拉开车门坐了进去。

"怎么会？厉总可从来没有让我送过哪个女人，您可是第一个。"小王一边开车，一边和许若唯闲聊。

许若唯没有吭声，将头靠在玻璃上，恍惚地想，原来厉家晨有过很多女人。

厉家晨给的地址是一处小户型的公寓，位于沿江风光带，地段金贵。许若唯攥着手上的钥匙，发了一会儿呆，才犹豫着打开门。

房子很干净，看得出来平常没怎么住人，家居装修本来就是米白色，这样更显得冷清。许若唯走在客厅的落地窗前，一把拉开帘子，外面是一个大阳台，满地的阳光。

这里是二十层，视野很好，下面就是整个江景。一路沉重的心情也因为眼前的景色而舒缓了一些。

如果这是家，她肯定会好好布置这个阳台。这个念头一冒出来，许若唯不禁苦笑，她怎么这么傻。

厉家晨还没下班，许若唯不想坐着枯等，她决定干点儿什么来转移自己的注意力。她到处晃了一圈后，看清了房屋的构造——两房一厅，除了厨房浴室，还有一个小书房。她本来想找点儿杂志翻翻，结果书架上摆的全是财经杂志。书桌上倒是有一台笔记本电脑，可是她没好意思动。至于厨房，整洁得像新的一样，大概还没开过火，冰箱也是空的，只有一些酒。她想了想，决定出门采购。

时间刚到6点，厉家晨立刻动手收拾起桌上的文件。秘书正好送一份合同进来，一看这架势，暗暗惊讶，他们的工作狂厉总居然这么准时要下班了。

"厉总，这是昨天那起合作案的合约，您看看还有没有问题？"她赶紧把东西递了过去。

"放我桌上吧，明天早上我会看的。"厉家晨头也不抬，整理好东西，匆匆忙忙地往办公室外走。

秘书再一次惊讶得合不拢嘴，谁来告诉她发生什么事了？

车子一路飞驰，厉家晨握着方向盘，神色有些恍惚。她在家等他，这个念头让他整颗心都变得柔软起来。

开了门，客厅的灯亮着，一眼看过去，没有见到那个娇小的人影，但是真的有什么地方不一样了。

一向清冷的空气里飘着淡淡的花香，茶几上被收拾过了，摆着一束粉色的康乃馨。沙发上多了几个坐垫，也都是粉嫩的颜色。

他在门前站了一会儿，才慢吞吞地走了进来，习惯性地伸手去鞋柜上拿拖鞋。一低头，只见最上面摆了一双灰色的拖鞋，毛茸茸的，前面顶着一个兔子脑袋。他盯着看了好一会儿，才慢慢套在脚上。

厨房里有窸窣的声响，他想也没想，放下公文包，直奔那里。

橘黄色的灯光下，许若唯穿着一条粉色的围裙，正在细心地切着土豆。一头长发随手绑在了脑后，随着她的动作，几缕发丝不听话地滑了下来，她不时用手背挡一下。

砂锅里不知道在煮什么，"咕咕"的冒着热气，一连串的小水泡沿着锅边冒出来，香味也跟着到处散开。

厉家晨靠在门边，看得出神了。他下午找了律师，开始办理许安伟保外就医的事，这让他整个下午心情都不是很好，他很难面对父亲，更难面对自己。

"你……你回来了？"厉家晨刚回过神，许若唯正端着一盘土豆，转身看到他，目光闪躲。

见他没有说话，气氛沉默，许若唯咬咬牙，轻声说："还有一个菜，马上就能吃饭了。”

"嗯，不用急，我先去洗个澡。"厉家晨深深地看了她一眼，似乎笑了，然后转身离开了厨房。

许若唯松了一口气，她其实很想问厉家晨，他什么时候会处理父亲的事，可是她难以启齿。

晚饭的气氛很融洽。许若唯基本上低着头，厉家晨显然也没有聊天的欲望，但他心情似乎还不错。两人虽然很少交谈，但坐在一起，在灯光下看起来也很温馨。

"你什么时候学会做饭了？"她今天做的其实都是他爱吃的菜色，也许许若唯自己都没有发现，但土豆炖牛腩、红烧排骨、清炒西兰花，这都是厉家晨的心头好。

许若唯迟疑地看了他一眼，简单地回了一句："来A市之后。"

她无依无靠，没有工作，没有存款，连房子都是魏琳帮着租的。那段日子真正地磨掉了她的娇气，她不得不学会打理自己的生活，很多东西都要尝试学习。

厉家晨眸色一暗。她虽然没有细说，但他也能猜到她那时候过得有多辛苦，否则，她一个十指不沾阳春水的千金小姐，怎么会被逼得做出一桌子好菜？

那滋味鲜美的牛腩突然变得苦涩起来，他默默地放下了筷子。

"怎么了？"许若唯忐忑地问。

厉家晨摇摇头，说道："你吃吧，我去抽根烟。"

他拉开了帘子，走到了客厅的阳台上。许若唯也没什么胃口了，她胡乱

扒了几口饭，开始收拾碗筷。

许若唯很不安，虽然她已经做好了足够的心理建设，一遍遍地安慰自己，既然站在这里，就意味着她将自己"卖"给了他。可是，她实在无法说服自己，她竟然要像做交易一样，把自己当成筹码支付给厉家晨。

或许，他今天晚上没有那个心思？

许若唯一边漫不经心地刷着碗，一边走神。

"在想什么？"厉家晨不知道什么时候站在了她的后面，看到灯光下柔和的侧脸，他忍不住伸出手，从后面抱住了她。

许若唯的身体瞬间僵硬了，她正在担心的问题来了。

"你在怕我？"厉家晨敏锐地感觉到她的变化，他面上的神色变了又变。

"我，我……"许若唯想要否认，可是她发颤的身体和结结巴巴的话都出卖了她。

见此，厉家晨霸道地扳过她的脸，四目相对，他漆黑的眸子里仿佛有不知名的火。许若唯心里一颤，他越靠越近，几乎贴到了她的脸颊，他的唇也一点点压下来。

难道她的第一次就这么"卖"出去了？许若唯可悲地发现，她居然在期待厉家晨的温柔。

温热的吻落在脖颈上，然后一点点游走，而许若唯的僵硬和抗拒也达到了极点。在厉家晨试图吻上她的唇时，她下意识地偏开了脸。

厉家晨放在她腰上的那只手顿时紧了一下，他的声音也绷着："你就这么讨厌我碰你？"

他生气了，许若唯意识到这点，颤抖得更加厉害。已经走到这一步了，难道她现在还要退缩？没什么好心酸的，至少对象是厉家晨，比起酒吧那些人，至少他是她爱的人。

"对不起，刚才是我太紧张了，我……"许若唯在心里安慰自己，她慢慢地伸手抱住厉家晨。

厉家晨心里那点儿暖意彻底消失了，她眼底的挣扎和不甘，他都看得清清楚楚。她现在是在干什么？对他示好？怕他不给许安伟治病？

她还真是伟大，卖身救父，把他们两人之间的关系当成彻彻底底的交易。

"你还真是一个听话的宠物。"厉家晨冷笑，内心却是她看不到的愤怒和悲怆。

许若唯僵在那里，心里很疼。

厉家晨带了一点儿赌气和发泄的意味，恶狠狠地吻着她，就像是在啃咬，恨不得将她拆骨入腹。

许若唯被他弄得痛了，手上微微推拒着，而厉家晨却像入了魔似的。

"别在这里。"许若唯小声地哀求，"家晨，别在这里。"

厉家晨听到她的哭声，只犹豫了一下，很快一把抱起她，大步往卧室的方向走去。

许若唯这一晚睡得并不踏实，她醒得很早，身上的疼感让她觉得陌生而不适。她微微动了一下，忍着那股酸疼，想要坐起来。

她翻了个身，正好对上厉家晨漆黑透亮的眼。她一愣，立马低下了头，

脸上热热的。

也不知道他是什么时候醒的，自己被他盯着看了多久，被子下面，他们两人都赤身裸体，他的手还搭在她的腰上，许若唯此刻满心的羞窘。

"你多睡一会儿。"厉家晨低头看着埋在被子里的脑袋，眼底闪过一丝柔光。他不知道她是第一次，昨天晚上有些伤到她了。

许若唯窝在被子里，声音闷闷地说道："我要去上班。"

提到上班，厉家晨的眉头立刻皱了起来，不为别的，他想到了那个谭森宇。

许若唯见他不吭声，心里有些难受，难道他要她做见不得光的情妇吗？每天被锁在笼子里？

一阵欢快的手机铃声适时地打破了沉默。

手机在衣服口袋里，此刻正无辜地躺在地上。许若唯的脸红了，挣扎着坐起来，身上却一凉，她后知后觉地低头，立刻"啊"了一声，飞快地缩回到被子里。

厉家晨轻咳了两声，随手套了件衣服，下了床，替她捡起了手机。

"Olive，你总算接电话了！"电话刚接通，魏琳就在电话那头咆哮道，"你知不知道我多担心啊！我昨天晚上打你电话，总是没人接，吓死我了！"

"对不起啊，Vring，让你担心了。"昨天的决定太临时，厉家晨的行动也太快，许若唯一时忘了告诉魏琳，知道对方肯定急坏了，内疚地说，"昨天我爸又晕倒了，我吓坏了，又去了一趟监狱，我一时太着急了，忘了告诉你。"

"那伯父还好吧？"听到她说没事，魏琳总算放下心来，她似乎想到什么，接着问道，"你昨晚在哪里睡的？"

"我……我看太晚了，回去怕吵到你。"许若唯心虚地看了一眼厉家晨，小声说道，"我睡在同事家里。"

"同事？"魏琳察觉到了不对劲，她紧跟不放地追问，"谭森宇吗？嘿，我早就说了吧，你们俩有发展潜力。"

"不是谭经理家啦，好了，我要上班了，不跟你聊了。"许若唯担心继续说下去会穿帮，便匆匆结束了话题，然后挂了电话。

听到"谭经理"这三个字，厉家晨的眸色闪了闪。

"请一天假，在家好好休息。"换好衣服，厉家晨走过来，看着许若唯说道，"等一下我会让人给你送换洗衣服过来，有时间你也可以给自己买些衣服。"

说完，他顺手将一张信用卡扔在了床头。许若唯刚才还窃喜他没有强行让她辞职，下一秒因为他的这个动作，心情跌入了谷底。

她垂着脑袋，似乎不怎么开心。

厉家晨以为她是在纠结许安伟的事，内心挣扎了一下，还是开口道："你爸的事，我已经让人去办了，最迟也就是这两天，他很快就能出来了。"

许若唯听闻，猛地抬头看着他，欣喜的同时，心里又是说不出的苦涩，难道这就是作为她陪他的好处？

"谢谢你。"尽管心瘁，许若唯还是小声道谢，她窝在床上，小小的一团。

厉家晨在床边站了一会儿，说道："我去上班了。"

许若唯没有吭声，她听到脚步声离开，然后是洗浴室传来动静，再然后是厨房，最后是客厅的关门声。

她深深地吸了一口气，说不清心里翻腾的各种情绪，只有两行泪慢慢地流了下来。

无论如何，她不后悔，她也不能后悔，至少那个人是厉家晨。

厉家晨的办事效率很高，两天之后，许若唯就接到了狱方的通知，说她可以给许安伟办理出狱的相关手续了。她第一时间把这个好消息告诉了魏琳，两人高兴地相拥而泣。

许安伟出狱之后的第一件事，就是被许若唯带到医院做检查，关于他胃部的那个肿瘤，许若唯还一直瞒着他。

冰冷的医院长廊，许若唯坐立不安地等在外面，脸上写满了紧张，她不知道最终拿到的会是一纸什么样的结果。

"Olive，你别担心，吉人自有天相，伯父不会有事的。"魏琳抱住了她，轻声说，"你看，一切都慢慢好起来了。"

魏琳不知道许安伟出狱的实情，许若唯目光闪烁，沉默着没有说话。

"对了，我忘了问你，你哪里来的这么多钱？"魏琳先前被欣喜冲昏了头，冷静下来想一想，这里面似乎不大对劲，狐疑地看着许若唯问道。

"我找朋友借的。"许若唯微微攥紧了拳头，低声说道，"我爸的病不能等了。"

"朋友？不会是谭森宇吧？"好在魏琳并没有怀疑，只是有些好奇。不过显然她想岔了，脑子里又开始臆想英雄救美的戏码。

许若唯暗暗心虚，但这也不失为一个办法，她有意想让魏琳误会，低着头没吭声。

魏琳笑得合不拢嘴，说道："阿弥陀佛，你总算开窍了，改天请他出来，大家吃顿饭。"

许若唯正为难不知道怎么可答，刚好化疗室的门打开了，许安伟躺在病床上被推了出来。

"爸，您现在感觉怎么样？"许若唯连忙迎了上去。

不过几天的工夫，许安伟消瘦得更厉害了，两颊几乎凹了下去，脸上呈现出一种病态的青灰色。

"病人暂时没有什么生命危险，建议家属还是办理住院，观察两天。"医生冷冰冰地说道，"后天检查结果会出来，到时候再做打算。"

"好的，我这就去办住院手续。"许若唯稍稍安下心来。

"小唯，爸没事，你别浪费那个钱了。"许安伟轻轻拉住了许若唯，灰白的眼里透着无奈和心疼。

"爸，这些您就别担心了。"许若唯鼻子一酸，险些掉眼泪。

在护士的陪同下，许若唯等许安伟安置好后，叫魏琳留下照看，才独自到住院部办理入住手续。填表格时，她刚掏出钱夹，一张信用卡掉了下来。她一惊，捡起来一看，正是厉家晨给她的那张。

"你还交不交费了？"工作人员不耐烦地催促。

许若唯回过神，连忙将自己的卡递了过去。

办好手续，许若唯看着手上那张卡，犹豫了一下。

她要不要跟厉家晨说一声谢谢呢？毕竟父亲能出狱，他帮了很大的忙。

可是，他应该会不耐烦吧，或许压根就不关心？算了，还是告诉他一下吧。许若唯一边暗暗地鼓励自己，一边掏出了手机。

此时，厉家晨正在开会，听到手机铃声，不耐地皱了一下眉，冷声道："谁的？"

老板话一出口，底下的职员你看看我，我看看你，脸上都写着战战兢兢，都在猜测是谁这么不要命，明知道厉总最强调会议纪律，居然还不关机？

"好像是厉总你的。"周言瞅着厉家晨那张冷脸，哼道。

厉家晨看了他一眼，然后面无表情地翻出了压在文件下的手机。点开屏幕，扫了一眼，接着十指如飞，在众目睽睽下回了一个短信，整个过程酷到不行。

目睹全过程的所有员工，脸色简直说不出的精彩。

"我更喜欢行动上的感谢，今天晚上你过来吧。"

许若唯盯着厉家晨回复的短信，心里涌起一股淡淡的涩意。

事到如今，只能说造化弄人吧！在她下定决心要丢开过去的时候，两个人却再次纠缠到一起，现在的她已经说不清心里到底是爱还是恨。

晚上，许若唯如约到了公寓。厉家晨还没有下班，她忙了很久，做了一大桌的菜。

天色一点点暗了下来，从客厅的落地窗望出去，底下是连绵的灯火，热闹而喧嚣。

她渐渐有点儿倦了，靠在沙发上迷迷糊糊地睡了过去。

因为临时有点儿急事，厉家晨回来得比较晚。他开了门，走进客厅，立刻看到了沙发上蜷缩成一团的人。

橘黄色的灯光下，她的睡容安静而美好。那一排浓密的睫毛垂下来，微微地颤着，就像是飞舞的蝴蝶，他的心瞬间就痒了。

他嘴角一扬，放慢了脚步走过去，轻轻抱起了她。

许若唯睡得不深，厉家晨将她放倒在床上的时候，她迷迷糊糊地醒了，睁开眼看到厉家晨，含糊地嘀咕："你回来了？菜都凉了，我去给你热。"

"我吃过了，你睡吧。"厉家晨低头在她额上印了一吻，又替她掖好被角，这才起身离开。

听到浴室里窸窸窣窣的水声，许若唯的眼皮越来越重，她再一次睡了过去。

厉家晨洗完澡回到卧室，看到她又睡着了，微微一笑，拉开被子钻了进去。

他身上还带着沐浴之后的清凉，许若唯瑟缩了一下，下意识地往外躲。厉家晨一把拉过她，手脚并用地抱住，将她小小的人扣在怀里，这才满意地合上眼，摸了摸她的头，轻声说道："睡吧。"

这一夜，两人什么都没做，气氛却有些耐人寻味的温馨。

许若唯这一觉睡得异常香甜，她醒过来的时候已经有点儿晚了。厉家晨走进卧房，正要叫醒她，看到那一双乌黑迷蒙的眼，嘴角立刻扬了起来。

"刷牙了过来吃早饭吧。"他扔下一句话，转身又走出卧室。

许若唯"哦"了一声，抓着蓬松的头发，暗恼自己贪睡。

早餐很丰富，餐桌上摆了两份黑米粥、一屉小笼包、两份三明治和煎鸡蛋，还有两杯热牛奶。

许若唯忍不住偷偷瞅了厉家晨好几眼，小声问道："你做的？"

厉家晨抬头看着她，面无表情地说："楼下买的。"

那也不用买这么多吧？许若唯在心里嘀咕，但她没敢说出声，低头默默地喝着粥。

厉家晨像是看穿了她的心思，他轻咳了两声，将脸转向一边。

他不想告诉许若唯，他几乎没有在家里吃过早餐，总是在公司用一杯咖啡对付，但是今天早上他心血来潮，有股强烈的欲望——他想为她准备一顿爱心早餐，而这一桌子也确实是他做的。

两个人没有再说话，空气里荡着淡淡的香气，偶尔刀叉碰到盘子，发出清脆的声音。

"惨了，要迟到了。"吃到一半，许若唯瞅了一眼时钟，立刻叫了起来。

她慌张地放下筷子，厉家晨皱着眉头，将牛奶递给她，说道："我开车送你过去。"

"不用麻烦你了。"许若唯一口回绝道，要知道厉家晨的公司根本不在商场附近，也不顺路。

她拒绝得太快，厉家晨顿时冷了脸，还没等许若唯站起身，他一把扔了筷子，"噌"的站起来，大步往客厅外走。

玄关处很快传来关门的声音，他应该是在生气，摔门的动作有几分故意。

许若唯一愣，这是怎么了？

她今天大概是有些不走运，许若唯暗自嘀咕，早上莫名其妙受气也就算了，到了商场，连着对好几个同事打招呼，对方都爱答不理的。

她有些闷闷不乐，见了赵丽，只是有气无力地挥了下手。

"你怎么啦？"一看到她，赵丽就像苍蝇见血似的，贼贼地说道，"恭喜你啊。"

"恭喜？"许若唯一头雾水，没好气地说道，"我也不知道得罪谁了，个个不理我，还恭喜什么？"

"嫉妒啊！"谭森宇为许若唯开后门的消息已经传开了，赵丽满不在乎地拍着胸膛说道，"你以为谁都像我这样善良啊？哼，快珍惜我吧，不过，你升职这么大的事，怎么也得请我吃饭吧？"

"升职？"许若唯惊呼一声，等意识到自己太激动了，她连忙压低声音问，"开什么玩笑？"

她来商场上班时间不长，就算业绩还不错，这升职也轮不到她呀？

"有个追求自己的上司就是好呀，升职加薪都方便多了。"赵丽装模作样地叹气。

"你胡说什么呀？"许若唯哭笑不得。

赵丽捧着受伤的心走开了，连连叹气道："你就等着升职加薪做谭太太吧。"

许若唯以为这就是谁恶意造的谣，也没放在心上，谁知道下了班后，谭森宇竟然把她单独叫到了办公室。

"谭经理。"许若唯心里有点儿忐忑，难道是因为前阵子她请了太多假？

"坐吧。"谭森宇指了指对面的沙发椅，笑着说，"别太拘束了，就当

我找你聊天好了。"

许若唯点点头，然后坐下。

她紧张的时候喜欢两只手绞在一起，谭森宇注意到这个细节，他恍惚了一下，似乎之前也见到过她这个动作，他奇怪自己怎么会记得这么清楚。

"前两天你请假了，家里的事处理好了吗？"谭森宇收回心神，开口问道。

"已经没事了，谢谢关心。"许若唯咬了咬唇，说道，"我知道临时请假不大好，以后我会注意的。"

谭森宇愣了一下，随即大笑起来，问道："你以为我要说这个？"

"不是吗？"这下轮到许若唯发愣了，两颊也热了起来。

谭森宇摇了摇头，因为还带着笑容，脸部的线条格外舒缓，加上那俊朗的眉眼，有几分君子如玉的感觉。

"小唯，你是个能力出色的员工，我想问问，你有兴趣尝试地区经理这个职务吗？"谭森宇微笑地看着她，轻声说，"我相信你会做得很好。"

"地区经理？"许若唯瞪大了眼睛，谭森宇让她做地区经理？那他呢？他也要升职了？

等回过神，许若唯连忙拒绝："谭经理，我资历太浅，经验不足，也没有出色的成绩，做经理恐怕不能服众吧？"

谭森宇将她的犹豫看到眼里，他笑着摇了摇头："小唯，难道你不知道自己是一块璞玉吗？我相信你的能力。"

许若唯目光一闪，盯着谭森宇的眼神亮了几分。

不可否认，她刚听到这个消息的时候，心里的确有些激动，也许和她以前无忧无虑的公主生涯有关，这两年她吃了不少苦，干了不少工作，这还是第一次得到这么大的认可。

"我真的可以吗？"许若唯跃跃欲试，语气中还有一丝不肯定，就像得到意外奖励的孩子。

谭森宇忍不住笑起来，他下意识地拍了一下许若唯的肩，说道："你要看看你这个月的业绩吗？人家老员工都自愧不如呢。"

也许是两人坐得太近，也许是他的动作停留太久，又或许是他语气里的温情太露骨，许若唯心里一颤，明显感到了一丝异样。

看着她低下头，脸上悄悄爬上红晕，谭森宇不自然地转开脸，轻咳了两声。

空气里似乎有什么微妙的情绪在发酵。

"谭经理，如果没有其他事，那我就下班了。"许若唯暗暗告诫自己不要多想。

谭森宇连忙站起身，笑着说道："我送你吧。"

不等她开口婉拒，谭森宇已经率先拉开门，走了出去。许若唯无奈，只能快步跟上。

两人一路都没有说话，气氛有些尴尬。好不容易出了商场，谭森宇正要去取车，许若唯的手机响了。

"怎么了？"许若唯低声问道，心虚地看了一眼就在身旁的谭森宇。

"下班了吗？我在商场外面的停车场等你。"厉家晨的声音带着一丝紧绷。

"啊？"许若唯诧异地惊呼。

还不等她说话，厉家晨又不耐烦地催促道："快点儿。"

许若唯看着手机，愣住了。

谭森宇关心地问："小唯，是出了什么事吗？"

"哦，没事。"许若唯有点儿不好意思，支支吾吾地说道，"我朋友来接我了，谭经理，谢谢你，我先走了。"

她挥了挥手，匆匆忙忙地跑了，谭森宇要说出口的话就这么咽了回去。

看着那个娇小的身影，他淡淡地笑了，带着一丝遗憾。

CHAPTER

第八章

08

THE SKY
OF LOVING IS RAINING

他究竟是如何
才让自己陷入这么
难堪的境地

　　两天后，谭森宇正式在早会上宣布任命许若唯为地区经理，引起不小的议论。

　　接受着周围那些或羡慕或嫉妒的目光，许若唯不安之余，也感到开心，这可是她人生中第一次升职呢！

　　散了会，她第一时间把这个好消息告诉了魏琳和父亲，想让他们分享自己的喜悦。

　　编辑好短信，在选择发送人的时候，许若唯犹豫了一下，她在想，要不要顺便告诉厉家晨呢？

　　她想得出神，赵丽刚好跑过来，笑嘻嘻地说："想什么呢？是不是打算对谭经理以身相许？哦，不对，他现在是谭总了。"

　　赵丽比任何人都开心，闹得动作有点儿大。许若唯一惊，低头一看，她手指抖了一下，点了"发送"，信息已经发出去了。

　　她捂着脸低呼，再看看赵丽笑脸明媚，没好气地说："都是你啦，还笑，你嘴巴都合不上了。"虽然是打趣的话，语气却是暖暖的，因为她知道赵丽是真正关心她。

　　"是是是，许经理，你就让我嘚瑟一下嘛。"赵丽笑眯眯地说，"哈哈，你看到周曼妮的脸色没有？臭得跟大便似的。"

　　"小心被她听到。"想想刚才周曼妮那难看的脸色，许若唯多了一丝顾虑。

"怕什么，我现在也是有后台的人了。"赵丽冲她挤眉弄眼，攥着她的胳膊，说道，"小唯，你都好久没陪我逛街了，这个周末轮到我们休假，咱们去扫货，就当庆祝你升职？"

"好啊。"许若唯想了想，点头答应道。前阵子忙着父亲的事打两份工，赵丽没少照顾她，她刚好借这个机会感谢一下。

晚上，许若唯去了医院，因为许安伟的检查报告早出来了，不过还好，肿瘤显示是良性，医生建议动手术。但是由于许安伟目前的身体状态不太好，他们决定让他修养一段时间，因此许安伟这段时间一直住在医院。

许安伟见女儿这么晚还过来，心情大好，连着好几天没胃口的他把许若唯带来的粥吃了大半碗。

"你工作这么累，下班太晚了，以后别过来了。"许安伟心疼地说。

许若唯见他气色仍然不大好，有些忧心："爸，您这两天是不是又没好好吃东西？特护没有好好照顾您吗？"

"爸在这里很好，你别瞎操心了。"许安伟说起这个，突然想到了什么，说道，"小唯，爸这次能出来，你也花了不少钱吧？就别再浪费钱给我找疗养院了，我住在医院不也挺好的？"

"疗养院？"许若唯的面上露出错愕的神色。

"昨天林医生和我聊了，说你办好了手续，过两天让我搬过去。"许安伟没有留意到她的异样，仍旧絮絮叨叨地说，"爸知道你孝顺，但这医院挺好的，你就别花那个冤枉钱了。"

许若唯坐不住了，她根本不知道什么疗养院的事，她也不知道该怎么形容此刻的心情，就像一碟被打翻的调料酱。

　　踌躇了一会儿，她轻声说道："爸，既然已经联系好了，您就安心搬过去吧，疗养院对您的病情更有帮助。"

　　她嘴里安慰着父亲，心思却渐渐乱了，疗养院的事会是厉家晨安排的吗？他为什么要这么做？

　　满腹的愁绪，许若唯想了又想，却终究没有勇气去向厉家晨证实。早上发出去的短信，对方也一直没有回。

　　也是，他那么忙，她这点儿琐碎的小事应该算是骚扰了吧。

　　此时此刻，厉家晨还在加班，安静的办公室里，灯光打在那张英俊的脸上，棱角分明的轮廓显得更加清冷。

　　"家晨，你还不下班？"周言临走，瞅见厉家晨的办公室还有光亮，过来瞧了一眼。

　　"你先走吧。"厉家晨放下文件，揉了揉眼角。

　　"啧啧，资本家，小心英年早逝。"周言摇了摇头，正要走，想起一件事，回头又问道，"你前两天让我安排一家疗养院，已经联系好了。"

　　闻言，厉家晨的神色微微一僵，很快又恢复如常，淡淡地说："我知道了。"

　　"你要找疗养院干什么？你家老头子不舒坦了？"周言挑了挑眉，好奇地问，"到底怎么回事？"

　　有那么一会儿，厉家晨沉默了。就在周言以为这家伙不会开口的时候，他冷声说道："你很闲吗？我这里还有很多文件需要整理……"

　　他的话音还没有落，周言立刻苦着脸，飞快地推开门走了。

　　厉家晨收回视线，心里却因为周言的问话而再次乱了起来。

　　已经是第三天了，他刻意不去联系许若唯，试图让那颗蠢蠢欲动的心冷下来，可现在看来，效果似乎并不好。至少，今天看到她的那条短信，他生生克制自己，才忍住了要打电话过去的冲动。

说不上是从哪一天开始，他打开家门，看到灯光下那个等候的人影，突然前所未有地惶恐。他觉得害怕，这样美好的人，这样温情的时刻，他分分钟就沉陷进去了，居然开始患得患失。

他和许若唯到底该何去何从呢？

难得的休假时光，许若唯和赵丽尽情玩乐，两人从美食街的街头吃到了街尾，然后去逛了百货，手上各自拎着大包小包。

"小唯，你看那条裙子，好看吧？"两人打道回府时，往公交车站走去的途中，赵丽突然拉住了许若唯，欣喜地嚷道。

许若唯顺着她指的方向一看，原来是某个专卖店的橱窗，一个模特身上的裙子。

"我们去看看吧！"许若唯见她很喜欢的样子，笑了笑，拉着她往里面走。

"还是算了吧，很贵的。"赵丽小声地说道。她一直就是个节俭的姑娘，这种品牌店，她从来都不会进的。

许若唯知道她的心思，低声和她咬耳朵："试一下又不要钱，去吧去吧。"

在她的怂恿之下，赵丽进了试衣间。许若唯偷偷看了一下连衣裙的价格，在一千块以内，不过也不便宜了，赵丽肯定舍不得买。

"怎么样，好看吗？"赵丽已经笑容满面地站在了镜子前，一边欣赏，一边问，眼里闪着亮光。

171

许若唯上下打量一番，真诚地点了点头，决定偷偷买下来送给她。

出了店，赵丽的情绪明显低落了很多，许若唯忍着笑，将一个袋子递给了她。

"什么东西？"赵丽有点儿好奇，等打开一看，她又惊又喜，立刻兴奋道，"小唯，你什么时候买的？"

"难得你这么喜欢，就当是我送给你的礼物。"许若唯看她既欣喜又犹豫，贴心地说，"你要是退给我，我可是很没面子的。"

"小唯，你人真好。"赵丽兴奋地抱住她，一会儿又激动地说，"不对啊，小唯，你不是家里出了事，要用钱吗？不行不行，我怎么能让你花钱，我们还是去退了吧。"

听了赵丽的话，许若唯心里暖暖的，对方帮了她这么多，丝毫不求回报，还总想着她。

"那些事都解决了，你就别担心了。"许若唯晃了晃手上的另一个纸袋子，说道，"你看，我也给自己买了一件。"

听了许若唯的回答，赵丽这才破涕微笑，喜滋滋地去翻看新衣服。许若唯淡淡一笑，目光落在手上的那个纸袋子上。

其实她撒谎了，这并不是她买给自己的衣服。

忙碌的一天结束了，五彩的灯光点亮了这个夜。

出了公司，厉家晨不知不觉将车开到了公寓楼下，等回过神，立刻皱起眉头。他已经很刻意让自己避开了，谁知道还是避无可避。

就在厉家晨晃神时，手中的香烟燃到了尽头，冷不防烫着了他。他一惊，连忙松了手，香烟也落到了地上。

犹豫了一会儿，他还是停好车，上了楼。打开门时，他拿着钥匙的手顿时僵住了，看着屋里的身影，下意识地问道："你怎么在这里？"

暖暖的灯光下，许若唯穿着一条米黄色的针织裙，懒懒地躺在沙发上，手中握着一本书，整个画面看上去温馨却不真实。

她听到动静站起来，还没开口，听到厉家晨的问话，脸色顿时有点儿泛白。

她低下头，觉得难堪。他们之间，一向是厉家晨开口要求，她才过来，也许她今天的主动只是证明了自己是个尴尬的存在。

厉家晨心里懊恼自己说错话，正想要说点儿什么补救气氛，许若唯已经走向厨房，说道："我去热一下饭菜。"

厉家晨这几天都是自虐式的加班，这个点还没有吃晚饭，胃部早就在抗议了。只是看着许若唯热完饭菜就回到卧室，看着自己对面空荡荡的桌椅，他突然没了胃口，草草吃了点儿东西，冲了澡，就进了卧室。

床头只留着一盏小灯，暖暖的，许若唯似乎睡着了。他轻轻躺了过去，伸手环住她的腰，轻声叫道："若若？"

许若唯其实是清醒的，她还在懊恼自己的多此一举，为什么要跑过来道谢？只是联系疗养院而已，他根本没有放在心上，她挑了那么久的衬衣，他应该看都不会看吧？

她下意识的轻颤让厉家晨捕捉到了，他收紧了手臂，低下头，缠绵的吻随之落了下来，顺着净白的脖颈一路蜿蜒。

许若唯刚开始还有些迷糊，暗想，厉家晨不是不高兴自己擅做主张过来吗，怎么又亲热上了？但是很快，她就没有多余的精力纠结这些，因为厉家晨实在是一个出色的捕猎者，他诱惑他的猎物，让她一步步沦陷。

不同于往日的激烈，今晚的厉家晨似乎格外温情。当她下意识地嘤咛，他甚至放慢了动作，温柔地亲吻她的眉眼，替她拨开汗涔涔的碎发。

这点儿温情也迷惑了许若唯，当一切终于静止下来后，她没有像往常一样立刻转身背对他，维持着被厉家晨扣在怀里的姿势，小声说道："谢谢你。"

只需稍稍想一下，厉家晨立刻明白了她说的是什么意思，他箍在她腰上的手臂一紧。

难怪她今天会出现在这里，难怪她刚刚这么温顺。

厉家晨没有说话，他低下头，黑色的眼像夜色一样寂寥。

此时，许若唯的脸上还泛着红晕，眉眼也娇俏如桃花，但是这样不胜怯弱的人，却说了世上最残酷的话。

厉家晨一声不吭突然翻身，将她压在身下，动作也不似刚才温柔，哪怕许若唯轻呼叫痛，依旧没有停。他只知道，在他左胸腔的那个地方，比她痛上百倍千倍。

从这一晚之后，许若唯的心情就持续地低落着，她也说不清自己是怎么了，厉家晨变成了她的心病，或者他一直就是。

这天下了班，许若唯闷闷不乐地收拾东西，她本来打算约魏琳一起去看电影，结果却听到她又被留下来加班了。电话里，魏琳没少骂那个变态的摄影师，许若唯笑着安慰了几句，挂了电话，自己也是满脸惆怅。但是她不想一个人待着，因为怕自己会胡思乱想。

"美丽的许经理，请问你下班了吗？"伴随着一声调侃的笑声，谭森宇走进了许若唯的办公室。

"谭总。"许若唯回过神，有些不好意思地笑了笑。

"一起去吃顿饭吧？"看着她脸上那抹娇羞的红晕，谭森宇心里微微一动，笑着说道，"一直还没有机会庆祝你升职，不知道我有没有这个荣幸？"

许若唯对谭森宇一直有着感激之心，很爽快地点点头，笑道："是我的荣幸才对。"

谭森宇绝对是个绅士，谈吐幽默，不管是什么话题，他总能够接上，而且恰到好处，绝对照顾到许若唯的情绪和身份。许若唯心里暗暗赞叹，丢开上下级的关系，两人聊得很开心。

这算得上一次愉快的晚餐，走进餐厅的那一刻，许若唯的眼底就漫上淡淡的惊喜。

清新的日式风格，芬芳的紫色切花，小提琴的音符跳跃，这一切都是她喜欢的风格。

"我很喜欢这家餐厅。"

两个声音同时响了起来。许若唯一愣，随即笑了，和谭森宇心照不宣地对视了一眼，两人眼底都有着笑意。

点单的时候，许若唯一直没开口，而是听着谭森宇报了他要点的东西，然后她才笑着对服务员说："我的和他一样。"

谭森宇一挑眉，笑道："你不用客气。"

"我不是客气，我爱吃的就是你点的那些。"许若唯像是想起了什么好玩的事，笑着说道，"之前看你吃三明治不喜欢蘸酱，我还以为是巧合呢，看来我们的爱好很接近。"

她一边回想，一边偷偷地笑，似乎觉得这是很妙的事，就像小时候发现自己和小姐妹的爱好惊人的相似一样。

　　头顶的灯光落下来，给她的笑容染上一点儿微醺的黄色，谭森宇瞬间有种眩晕的错觉。他想起上次魏琳说起的，他和许若唯的很多生活小习惯居然都一模一样，也许……这就是缘分？

　　"谭总，您在看什么？"那道目光长久停在自己身上，许若唯后知后觉地低下了头。

　　"哦，我在想他们家的甜品不错，饭后你可以试一试。"意识到自己的失态，谭森宇微微尴尬，他轻咳了两声，又说道，"私下就别叫我谭总了，叫我森宇吧。"

　　许若唯抑制住心里那种怪怪的感觉，笑道："这怎么行？谭总，您别为难我了。"

　　谭森宇迟疑了一下，苦笑着说道："我以为我们至少已经是朋友了。"

　　他的话透着一些说不清道不明的意味，许若唯愣住了。

　　她的诧异和困惑明明白白写在脸上，谭森宇轻笑了一声，声音里是淡淡的愉悦："难道我表现得不够明显？小唯，你是一个非常好的女孩，我对你有好感，你觉得这很奇怪吗？"

　　他的态度太过坦荡，明明是暧昧的话题，他却说得毫不扭捏。许若唯呆呆地看着他，眼底的震惊一览无余。

　　"很惊讶？"谭森宇轻笑，用手摸了摸鼻子，说道，"看来是我做得太失败了。"

　　许若唯连忙摇摇头，想说点儿什么，却意识到自己现在的反应有点儿笨。不过，她的确很惊讶，虽然赵丽和魏琳之前都没少拿他开玩笑，可是她从来没有动过那样的心思。

　　"谭总，您是一个很棒的上司。"许若唯沉默了一会儿，认真地说道。

"小唯，你不必有什么心理负担。"谭森宇露出理解的神情，轻快地说，"这好比我喜欢一朵玫瑰花，如果这朵玫瑰因为不想让我喜欢，所以早早谢了，那它岂不是亏大了？"

即便许若唯此刻心绪不佳，也被他风趣的话逗乐了，至少气氛并没有想象中的尴尬。

吃完饭，谭森宇绅士地提出送她回去。许若唯稍稍犹豫了一下，点头答应了，她并不想太刻意地拉开拒绝，因为那只会让两人以后变得尴尬。

谭森宇非常贴心，一路上并没有再过分表露任何好感，聊天的话题也仅仅限于工作。这让许若唯松了一口气，同时也由衷地叹服，对方真的是一个十足的绅士。

"谭总，谢谢您的晚餐。"下了车，许若唯礼貌道谢。

"这是一个愉快的时刻，不是吗？"谭森宇站在车门边，噙着一抹优雅的笑，说道，"再见，我的玫瑰小姐。"

许若唯微微一愣，想到他那个风趣的比喻，嘴边浮起淡淡的笑容："再见，谭总。"

回到家，许若唯刚坐下，魏琳立刻飞身扑了过来，嘴里嚷嚷着："Olive，你快老实交代，你们交往多久了？"

"什么意思？"许若唯莫名其妙。

"我刚刚在阳台上都看到啦，他送你回来的哦，你们去约会了是不是？"魏琳笑得心花怒放，兴奋的嚷道，"啧啧，刚刚那一幕真是郎情妾意，你侬我侬啊。"

"你的成语说得越来越好了。"许若唯没好气地拿抱枕砸她。想起晚上的事，她心里有些怅惘，轻声说道，"谭总是个好人，不过，我跟他没可

能，以后你别再说这些了。"

"什么意思？"魏琳立刻坐直了身体瞪着她。

许若唯简单地将晚餐的事说了一遍，她现在和厉家晨纠缠不清，完全没有心思考虑这些。更何况谭森宇真的很不错，他值得一个更好的姑娘。

"你傻啊，我早就说了，你们有缘分！"魏琳激动了，苦口婆心地劝道，"你也该重新开始一段感情了，谭森宇人不错，你真的可以考虑一下。"

许若唯有苦难言，她站起身，往浴室里走去，敷衍地说道："这种事顺其自然吧。"

顺其自然？真等你顺其自然，都海枯石烂了！看着许若唯消失的身影，魏琳撇撇嘴想，等等，海枯石烂可以这么用吧？嗯！应该是对的！嘿嘿！她最近成语用得越来越好啦！

关于谭森宇这件事，许若唯并没有放在心上，但她不知道的是，有人却乱点鸳鸯谱了。

厉氏集团。

"我就知道你肯定又在加班。"周言敲了敲了厉家晨的办公室门，笑着说。

厉家晨正在打电话，他回头看了周言一眼，示意他稍等，走到了落地窗前，跟电话那头的人沟通道："要修改的图稿我已经发过去了，你们尽快，三天？不行，我等不了这么久，她马上要生日了。"

他表现出极大的耐心，低声和电话那头的人沟通了很久。挂了电话，他睨了周言一眼："有事？"

"文薇说打你电话没人接，人家还在机场等着你接呢。"周言坏坏地笑起来，调侃道，"你在和珠宝店那头联系？是你之前设计的那款手链？"

厉家晨不愿多谈，"嗯"了一声，听他提起宋文薇，顿时头疼。上次宋夫人回美国，他好不容易把宋文薇也给捎上了，这清净日子没过两天，她又回国了，他现在根本没心思来敷衍宋文薇。

"你去吧。"厉家晨说道。

"我哪能搞定她啊？我看这宋家母女是铁了心，你还是乖乖就范吧。"周言苦着脸说道，"再说了，这大晚上的，你好歹走一趟，这点儿情面还是得给吧？"

厉家晨沉默了一会儿，似乎在考虑周言的话，最后无奈地拿起桌上的车钥匙说道："走吧，你跟我一起。"

周言知道这是厉家晨最大的让步，也不再反驳，耸耸肩，有种"舍命陪君子"的感觉，跟了上去。

两人一前一后往车库方向走去，周言之前在厉家晨的电脑上无意中看到一张手链的设计草稿，此刻闲着没事，也八卦地追问起来，但是厉家晨却丝毫不予理会。

"我就纳闷了，你这性格，居然也会有女孩子喜欢？我真是越来越觉得小唯以前太伟大了。"周言被他弄得有点儿郁闷，顺口说道，"对了，说到小唯，我今天看到她了。"

听到许若唯的名字，厉家晨总算有了一点儿反应，侧过脸去看他。

"我刚好约了一个客户谈事情，看到她和一个男的在吃饭。"周言故意瞅了厉家晨两眼，说道，"应该是在约会吧，我也没好意思打招呼。"

周言并不知道厉家晨和许若唯暗中的纠葛，他一心希望许若唯能从往事

走出来，看到她能有新的开始，他由衷地感到开心。厉家晨的反应却是长久的沉默，周言察觉到不对劲，后知后觉地问："家晨，你不会还……"

"是一个什么样的男人？"厉家晨打断了他的话，声音中听不出任何情绪。

"挺绅士的，个头和你差不多，温文尔雅，看着家世也不错。"周言一边说，一边忍不住偷瞄厉家晨，心里暗想，难道家晨还打着小唯的主意？可是也没见他有什么动静呀。

绅士？温文尔雅？虽然周言的描述零零碎碎，但是厉家晨的脑海里立刻就浮现出了谭森宇的模样。

他微微眯起了眼睛，脑海中无法遏制地冒出许若唯和谭森宇在一起谈笑风生的画面，心中的嫉妒和愤怒同时涌上来。

"家晨？"周言看着厉家晨的脸色，暗道不妙。

"你去接文薇吧，我突然想到还有点儿细节要和珠宝店那边商量，得亲自走一趟。"厉家晨顿了一会儿，扔下周言，大步朝自己的车走去。

周言在后面直跳脚，嚷道："厉家晨，你又发什么疯啊？我搞不定她啊！"然而回应他的只有一连串的汽车尾气。

周言的话不假，他也不是"推卸责任"，尽管这个责任原本就不是他的。

当周言到达机场时，宋文薇看到来接机的只有他一人，并没有厉家晨，那张精致的脸顿时僵了。

"家晨呢？"宋文薇这会儿连笑容都挤不出来了，一双美目暗暗在四周搜寻，试图找到那个期望的身影。

"家晨有点儿事，过来不了，明天让他请你吃饭吧。"周言伸手去接她的行李，在心里把厉家晨骂了十八遍。

听了周言的话，宋文薇不情不愿地上了车，忍不住旁敲侧击地打听："他又在公司加班吗？"

她的语气显然不快，上次为厉家晨没有到机场接妈咪，她发了一通脾气，结果两人不欢而散，这次他倒好，索性连个短信和电话都没有。

"哦，他好像去店里取珠宝了。"周言没多想，直言不讳道，而宋文薇立刻警觉起来。

珠宝？难道他又去找那个许若唯了？宋文薇越想越坐立不安，上次她就觉得这两人有猫腻。

"哪一家店？"宋文薇急切地追问，听到周言说出的名字，才微微放下心来。

不是Der Mond，是她多心了，或许这是家晨给她的惊喜呢？

这样的念头一旦冒出来，宋文薇就忍不住浮想联翩，嘴角也慢慢弯起来，打定主意要暗暗去周言说的那个珠宝店察看一番。

对，这的确是厉家晨精心准备的惊喜，只可惜不是给她的。

周言分别后，厉家晨一遍又一遍地拨打着许若唯的电话，但回应他的只是冰冷的女声，不断重复着"对不起，您拨打的用户已关机"，他感到说不出的烦躁，狠狠将手机砸在车座上。

他讨厌这样的感觉，他联系不到她，不知道她在干什么，不知道她跟谁在一起，不知道她是否安全，他也控制不住自己脑中纷杂的思绪，各种各样不安的念头。

另一边，在厉家晨的电话打进来之前，许若唯刚下班就接到了魏琳的电话，电话那头，魏琳兴奋道："我已经在路上，等下去拿蛋糕，你回家的路

上把菜给买了，要不咱们还是出去吃吧？"

"别浪费那个钱了，我自己煮吧，回头做几个拿手菜，带给爸尝尝。"许若唯笑吟吟地回答，此时，手机响起"嘀嘀"的声音，她拿到眼前一看，接着说道，"对了，我手机要没电了，待会儿你直接回家就好了。"

今天是她生日，自从父亲入狱后，她再也没有过过生日，但是今年不一样。虽然父亲前段时间身体不好，但也算因祸得福，出了监狱，现在在疗养院，病情也稳定下来，她和魏琳说好了，中午吃顿大餐，下午便去疗养院看父亲。

"嗯，那你在家等我回来吧！"

挂了电话，许若唯走出商场，外面不知道什么时候下起了雨。

秋雨带着一些凉意，空气里都是湿漉漉的水汽。许若唯下了公交车，在超市里转了一圈，出来的时候雨下得更大了，她拿出手机一看——已经自动关机了。

同样是生日，换作以前，她还是许家小姐的时候，手机收件箱早就被各种各样的祝福塞满了。看到手机没电，也许她还会担心漏掉什么邀请，而今她却没了这个担忧。

物是人非，人始终要学会成长。

快到小区的十字路口，路旁停了一辆黑色的车。这时候路上的人都行色匆匆，它便显得有些不寻常。许若唯忍不住好奇地瞅了一眼。

这时候，车门刚好打开，一个年轻男人从车里出来，他一边打电话，一边往车厢后走："我的车子在半路抛锚了，可能赶不过去，Sorry。"

隔着一点儿距离，蒙蒙的水雾让许若唯看不清那个人的脸，不过这个声音却有些耳熟。

犹豫半刻，许若唯叫了一声："谭总？"

谭森宇转过身，那张英俊的脸滴着水珠，略显狼狈，看见许若唯，他错愕道："小唯，你怎么在这里？"

他低声和电话那头的人说了几句，很快结束了谈话，许若唯连忙将伞挪过去一点儿，指了指不远的小区，笑道："您忘了，我住附近。"

谭森宇送过她几次，经她一提醒，说道："真巧。"

许若唯见他身上都淋湿了，说话的时候头发上还滴着水，她忍不住说道："谭总，要不你叫人过来把车拖走，你去我家换身干净衣服吧。"

谭森宇想了想，点点头同意了。

让谭森宇来家里躲雨，话出口时，许若唯并没多想，换作任何一个她认识的人，她都会这么说。但是等两人进了屋，许若唯才察觉出尴尬。

她和魏琳同住，屋子里哪有男人的衣服？结果，谭森宇就这么晾在客厅里，一身湿衣服，穿着也不是，脱了也不是。

"那个，你先擦擦吧。"许若唯看不过去，找出了一条毛巾递给他。

"谢谢。"谭森宇接过毛巾，刚说完，紧接着就是一个响亮的喷嚏。

"你去冲个热水澡吧。"许若唯指了指浴室，有点儿担心地说道，"里面有烘干器，你把湿衣服烘一烘吧，别感冒了。"

话说完，谭森宇倒没觉得怎么样，她自己先红了脸，不自在地低下头，大概是为自己的考虑不周而尴尬地把客人请回家，却要别人自己去烘干衣服。

谭森宇微笑着接过毛巾，朝着浴室走去，虽然一路打着喷嚏，心里却是暖烘烘的。

许若唯转身进了厨房，打算给他煮点儿姜茶驱寒。

小小的厨房里，昏黄的灯光透着一股温馨。谭森宇洗完澡，给修理厂打了电话，便被那股食物的香气渐渐吸引到了厨房。

锅子里应该是在煮姜茶，漾着一股生姜的味道，混着红枣的清甜。他嘴角的笑容渐渐深了，那个低头洗着青菜的人却浑然不觉。

"我来帮你吧。"这景象美好得就像一个梦，谭森宇不知不觉被吸引了。

"谭总？"许若唯一愣，不知道他什么时候站在这里的。

她发愣时，谭森宇已经走近了，并且伸手拿起砧板上的菜刀，盯着砧板上圆鼓鼓的土豆，皱着眉头问道："这个要怎么切？"

见此，许若唯瞅了瞅一身白衣的谭森宇，看到对方如临大敌的表情，忍不住笑了。尽管对方实在不适合待在这个厨房，但见他很有兴趣，她还是接过菜刀，示范性地切了几下，然后说道："很简单的，把它切成薄薄的，厚度要差不多。"

看着那颗不听话的土豆在许若唯手下服服帖帖的，谭森宇满眼惊奇，盯着她的十指，就像它们有魔力一样。

"你试试吧。"许若唯把刀递给他说道。

切土豆实在不是什么技术活，谭森宇虽然表情严肃了一点儿，手抖了一点儿，动作笨拙了一点儿，好歹还是像模像样的。许若唯笑了笑，转身继续清洗青菜。

谭森宇的动作越来越熟，不免有点儿得意，想着要让许若唯看看，夸上几句。只是他这心里一乱，手上的刀就不听使唤了，险险地割在了手指上。

"嘶！"他倒抽一口气，看到手指上的血，傻眼了，心想，这土豆浸了血还能吃吗？

许若唯听到声音，扭头一看，谭森宇的指间正冒着血，但他保持着拿菜刀的姿势，动也不动，有些茫然。

"你还愣着干吗？赶紧包扎一下啊！"她急了，水龙头也来不及关，急忙奔过来查看。

不知道是地上洒了水，还是她动作太急，脚下一个趔趄，整个人朝着料理台撞过去，并且正好对着角的位置。

一刹那，谭森宇及时反应过来，一个箭步冲上去，稳稳地接住了她。

"你没事吧？"两人异口同声地问了出来。

看着许若唯那双明亮如水的眼睛，谭森宇微微晃神，那里分明写着对他的关心。

她关心他？这个念头让他心头一热。

两人以一种暧昧的姿势抱在一起，许若唯后知后觉，但是谭森宇似乎没有放开她的意思。不知道是不是她的错觉，他的脸似乎越靠越近。

"Olive，我回来了！外面雨好大啊，我都变落汤鸡了！好香啊，你煮了什……啊——什么情况！"一波未平一波又起，许若唯还没从谭森宇的举止中反应过来，魏琳恰好回来撞见这一幕。

看到许若唯和谭森宇暧昧的姿势，魏琳两眼一亮，一手拎着蛋糕，一手指着抱在一起的两人，哇哇大叫。想了想，她立刻往客厅走去，连声说道："对不起，对不起！打扰了，你们继续。"

"Vring，你别闹啦！"许若唯终于回过神，连忙推开谭森宇，双颊红得像熟透的苹果，一看对方手指还在流血，也不顾得害羞，转头对魏琳说道："你把医药箱拿出来，谭总受伤了。"

受伤了？这两人是有多激烈？

　　魏琳对着许若唯挤眉弄眼，一脸坏笑。许若唯知道她在想什么，脸一热，喝道："想什么呀，谭总帮我切菜而已，所以手受伤了。"

　　听到许若唯的解释，谭森宇显然也想到了什么，转开脸，眉眼间有些不自在。魏琳连忙识趣地换了话题："谭先生，先去客厅包扎一下伤口吧。"

　　"麻烦你了。"谭森宇点点头，看到魏琳手上的蛋糕，诧异地问，"今天是魏小姐的生日吗？"

　　"今天是Olive的生日，谭先生，你不知道吗？"魏琳这下纳闷了，这两人可真有意思，明明都抱在一起了，难道谭森宇不是来给Olive过生日的吗？

　　"小唯的生日？"谭森宇飞快地皱了一下眉头，回头看着许若唯，不无失落地说，"真是抱歉，我竟然不知道，也没有准备什么礼物。"

　　"谭总，你不必客气。"许若唯也有些不好意思，她偷偷瞪了一眼魏琳，"我很久都不过生日了，只是吃顿饭而已。"

　　"对啊，谭先生，你今天有口福了。"魏琳适时地添油加醋。

　　谭森宇笑了笑，落在许若唯身上的目光又温柔了几分。

　　午餐很愉快，谭森宇心情不错，他第一次知道，原来许若唯除了工作表现优秀，连厨艺也这么出色。他很久没有这种家的感觉了，这份悸动让他对许若唯的好感更深了一些，他觉得她就像一本意蕴深长的书，每次读都有不同的感受。

　　"谭先生是在回味Olive的厨艺吗？"吃完饭，三人在客厅里闲聊，魏琳幽默地打趣道。

　　谭森宇微微一笑，并不否认，而是将目光转向了许若唯。

　　许若唯下意识地转开视线，若无其事地和魏琳笑闹："你下午不去杂志社了？那个变态的摄影师肯让你休假？"

"快别说他了，影响我心情。"魏琳最近半个月都在狠狠抱怨那个新来的摄影师，提到他就跳脚。

许若唯笑了笑，故意说："Vring，看你这态度，我都怀疑你对人家图谋不轨，故意找碴。"

"我？和那个变态摄影师？"魏琳咋咋呼呼地嚷起来，开始大吐苦水，许若唯和谭森宇相视一笑，很有默契地转开了话题。

三人聊了许久，期间雨也慢慢停了，谭森宇看了看窗外的天气，适时地提出离开。魏琳本来就有意撮合两人，聊了这么一会儿后，更加看好谭森宇，趁机叫许若唯去送客。许若唯没有拒绝，于情于理，她都没理由拒绝，太刻意反而落得尴尬。

一路上，许若唯和谭森宇都没有说话，不知道是不是因为厨房那个意外的缘故，许若唯觉得两人之间的氛围有些微妙。

到了小区门口，两人同时站住，低着头没有说话，直到一辆出租车经过，谭森宇招了招手，转身对许若唯说："小唯，谢谢你的午餐。"

许若唯微微一笑，刚要开口，谭森宇突然低下头，轻轻在她额头上印了一吻。

这个吻来得太突然，许若唯还未反应过来，那股温热的触感已经离开了，她没时间拒绝，只听到对方温柔地说道："生日快乐。"

谭森宇看着她呆愣的样子，一双眼水蒙蒙的，无辜而天真，轻笑出声，伸手揉了揉对方的头发，转身坐上了出租车。

等许若唯回过神时，出租车已经开走了，她独自一人在原地又是懊恼又是羞愤。

为什么她没反应过来呢？她到底在发什么愣啊！下次见面大家会不会尴

尬？

内心就像有一只猫爪在挠，她苦着脸转身往小区里走去，眼角的余光不经意扫到停靠在街道旁的车辆，整个人顿时僵住了——那是一辆白色的迈巴赫。

"厉家晨？"她忍不住惊呼出口。

他为什么会在这里？他看到刚刚那一幕了吗？如果看到了，他会不会觉得她很随便？

无数念头一个个冒出来，许若唯突然感到怯懦，她甚至连上前确认的勇气都没有，拔腿就往楼道里跑。

车里，厉家晨嘴角噙着冷笑，看着她落荒而逃，眼角的余光瞟到车座上包装精美的盒子，眼底更森冷了几分。

真是可笑，他念念不忘她的生日，打不通她的手机，甚至主动找上门，谁知道竟看到这么精彩的一幕。他究竟是如何才让自己陷入这么难堪的境地？

CHAPTER

第九章

09

THE SKY
OF LOVING IS RAINING

她应该给自己
一个机会

方向盘一转，厉家晨终于还是掉头离去。

回到公司，周言看到他满脸怒色，奇怪地问："你不是才出去吗？怎么就回来了？"

厉家晨随手将礼物盒扔在办公桌上，扯开领带，坐在椅子上一声不吭。

周言顺手捡起了盒子，打开一看，连连赞叹："不错，家晨，你要是不做这个总经理，做个设计师也不错。"

厉家晨似乎没有听到他的话，陷在自己的思绪里。

这条手链的设计前后花了三年，他对许若唯的所有感情都在里面了，怎么会不好？可惜那个人不在意啊！

"你到底要送给谁啊？"周言好奇地追问。

"给你吧。"厉家晨终于抬起头看了他一眼，面无表情地说，"今天不是许若唯的生日吗？你要是给她送礼物，顺带也捎上吧。"

"小唯？"周言瞪大了眼睛，看了看盒子里的手链，又看了看厉家晨，不确定地问，"难道这是你特意为她设计的？"

盒子打开后，设计精美的手链正好映入厉家晨的眼帘，同时也让他再次回忆起之前看到的一幕。他突然觉得周言前所未有的聒噪，这个办公室似乎也待不下去了，猛地站起身往外走去。

"喂，你又去哪里？"见厉家晨离开，周言忙叫道，然而回答他的只是一阵摔门声。

又开车回到了公寓，厉家晨打开门，满室的空荡让他更加烦躁。

看来，他是已经习惯了许若唯的出现，已经习惯了那一盏为他留的灯，所以看到空无一人的房间，才会觉得异常碍眼。

独自在床上闭目躺了一会儿，他始终心浮气躁，站起身开了衣柜，打算去冲个澡。

许若唯在这屋子里的时间不多，除了几件换洗的衣服，整个衣柜里几乎都是他的衣服，清一色的西装衬衣，叠得整整齐齐。

厉家晨的目光转了一圈，无意中看到柜子角落的一个纸袋，疑惑地拿了出来，打开一看，是一件淡粉的衬衣。

粉色？他不记得自己买过这个颜色的衬衣，而且他的衣服一向是由指定的店送来，这显然不是他穿的那个牌子。

心里微微一动，他很快明白过来是怎么回事，原来那天晚上许若唯的"谢谢"还有这个意思，她为他精心选了衬衣，只是没让他知道。

他脸上的表情有些复杂，一时间又陷入了那种纠结。他最近似乎越来越矛盾了，上一秒才做了决定，一下秒又全盘推翻。

到底该怎么办？我们的爱情还有出路吗？许若唯，我想再给我们一个机会，希望这次你给我足够的信心和勇气。厉家晨怔怔地看着那件衬衣，脸上闪过某种决绝。

下午，魏琳临时有事，许若唯体贴地让她先去忙，刚好周言打电话过来，两人便一起去了疗养院。

许安伟的精神恢复得不错，虽然身体还是很消瘦，但心情开朗了很多，三人一起吃了晚饭。

回去的车上，周言将两份礼物一起拿给了许若唯，说道："那个黑色的首饰盒是家晨送的。"

"家晨？"许若唯愕然，厉家晨送给她礼物，为什么不亲自来？难道……脑子里灵光一闪，许若唯想起了那辆白色迈巴赫。

难道上午那辆车真是厉家晨的？他特意来找她，给她送礼物，却看到自己和谭森宇在一起，所以生气地走了？

心里有隐隐的喜悦，她颤着手，慢慢打开了那个盒子。

那是一条白金手链，设计简单大方，许若唯曾见过许多名设计师的作品，但此刻因为这条简单的手链突然红了眼睛。

她还记得，当年她和厉家晨在一起的时候，他曾经说过，要为她设计一款特别的手链，"链"就是"恋"，他要把他的爱恋牢牢地锁在身边。

"什么叫特别？"许若唯当时故意问，"设计一条手铐吗？"

"我要设计出独属于我们爱的品牌。"厉家晨宠溺地捏着她的鼻子，含笑的眼全是闪耀的星光，胜过夜晚最美的星空。

而今，许若唯终于得以见到这条只属于她的手链，精致的链子上刻着繁复的花纹，如果仔细看就能发现，那是一个个英文单词"LOVE"，而每个"L"和"O"的字母上，都镶嵌着细碎的钻石。

那是他姓氏的首字母和她英文名的首字母，他们是彼此的love，只属于厉家晨和Olive的爱。

许若唯看着看着，眼泪便大颗大颗地砸了下来。周言默默递过一张纸巾，吞吞吐吐地问："小唯，你是不是和家晨在一起了？可能是我比较迟钝，或许我早该发现的，家晨最近太反常了。"

对上许若唯不解的目光，周言苦笑了一下，半晌，慢慢解释道："这样也挺好的，在一起了就好好过日子，别折腾了。你瞧瞧你们浪费的这两年，不觉得可惜啊？"

许若唯心里又苦又涩，轻声道："周言，你不懂。"

"是，我是不懂！我要是能有家晨一半的聪明劲，当初你也不会毫不犹豫地选择了他。"说到这里，周言的脸上露出一丝苦涩，也露出一丝赧然。

许若唯被他逗笑了，想起以前的事，神色渐渐有些动容。

周言摸了摸后脑勺，笑道："你也别介意，那什么……当局者迷，这事到底有什么好纠结的？你们俩心里要是还有对方，那就在一起，以前的事我们别提了，让它去吧。要是你觉得过不了这个坎，隔了两年，那你们就放手，也给别人一个机会嘛。"许若唯没有吭声，傻傻地盯着那条手链，不知道在想什么，周言接着说道，"小唯，你诚实地问问自己，你真的能放下家晨，和别人在一起吗？"

听到周言最后一句话，许若唯没有回答，而是咬紧了唇，慢慢将那个首饰盒握紧。

看见她这个细微的动作，周言无声地叹了一口气，他想，她应该有了答案。

这个晚上，许若唯失眠了，她翻来覆去地想着周言的话。

的确，她一直都太优柔寡断，她的心明明告诉她还爱着厉家晨，可是她害怕伤害，害怕厉家晨的无情，所有她选择了逃避……至少，她该给自己一

个机会，就算两个人没有可能，这个答案也该由厉家晨来给，而不是她一个人在这里杞人忧天。

下了决定，许若唯拿过手机，按下那串数字的时候，手还在发颤。

"家晨。"电话接通后，许若唯低声开口，"谢谢你的礼物。"

"不必客气。"厉家晨回答道，声音听不出任何情绪，许若唯一时也不知道该说什么，两人就这么僵持着。

还是太冲动了吧，许若唯想，至少她应该先想好话题的。

电话两端都沉默着，像是这个深沉的夜晚。

"你终于肯开机了？"良久，厉家晨叹了口气，同时心里苦笑，他终究还是输了，他不忍心看她难过，不忍心看到她受伤，但是想到今天发生的事，语气里又不免带了一丝怨怼，"我给你打电话了，你的手机一直关机。"

"手机没电了，我不是故意的，我以为没人……"许若唯一惊，连忙解释。

听到她的话，厉家晨沉默了，心里涌上复杂的情绪。

是他，是他把她的生日变成这荒凉的模样……

看着阳台外万家灯火，厉家晨脑中开始想象她此刻的样子，声音里带着不易察觉的心疼："明天晚上有时间吗？我给你补过生日。"

不知道是不是心态的转变，他命令式的问句此刻听起来也带着温情。许若唯心里一甜，声音却闷闷的："Vring约了我明天晚上去参加她们杂志社的晚会。"她犹豫了一下，决定还是不告诉厉家晨，魏琳也邀了谭森宇。

晚会？厉家晨皱了一下眉头，顿了一会儿才说道："那我明天中午去接你。"

"接我去干吗？"许若唯下意识地问道。

想起衣柜里她那几件少得可怜的衣服，厉家晨的声音里透出一丝笑意："你总需要一件礼服吧，我陪你去挑。"

晚会如约而至。

魏琳上班的杂志社是业内数一数二的时尚品牌，这类时装晚会秀有很多女星和名媛都爱参加。

当许若唯挽着魏琳出现在会场时，谭森宇眼前一亮，笑着迎了上去。

"谭先生！"魏琳热情地打招呼，顺手一个轻推，将许若唯推到了谭森宇跟前，面对好友不满的眼神，她无辜地吐吐舌头，"你们尽管吃喝玩乐，我去找我的同事了，拜拜！"本着不愿做电灯泡的精神，魏琳说完就及时溜了。

许若唯尴尬地退了两步，有点儿局促地叫道："谭总。"

两人隔得比较近，谭森宇能清楚地看到她脸上的红晕，这份羞怯和无措让他着迷。他笑着赞叹："你今天很美。"

许若唯穿着一身米白色的抹胸礼服，剪裁简洁大方，恰到好处地勾勒出她窈窕的身段，而前短后长的设计更是凸显了那一双美腿。

听到他的夸奖，许若唯抿嘴一笑，心思渐渐跑远了。

这件礼服是厉家晨亲手拣选的，不止这一件，他简直把店里她能穿的衣服都拿了一件。然后，两人把那些衣服一件件挂在衣柜里，挨着他的衣服。

想到甜蜜的下午，许若唯脸上的笑意更深了几分，连同谭森宇在内，不知道吸引了在场多少目光。

"我去拿点儿喝的吧？"两人这样傻站着有点儿奇怪，许若唯瞥到会场的自助酒水和餐点，灵机一动道。

"我去吧。"谭森宇暗笑自己的疏忽，他笑了笑，转身走开。

许若唯趁此空隙松了一口气，她找了一个角落刚坐下来，一个尖锐的女声突然响起来："这不是许小姐吗？"

许若唯抬头一看，竟是宋文薇，她的脸色顿时一片苍白。

她竟然忘了还有这么一号人物，她可是传说中厉家晨的正牌未婚妻。

"士别三日，当刮目相看，这句话用来形容许小姐还真是合适。"宋文薇一身银色的鱼尾晚礼服，卷发披肩，整个人都散发着一股优雅的味道。

许若唯知道她是在讽刺自己，也不恼，面上挂着淡淡的笑，说道："宋小姐，好久不见。"

宋文薇哼了一声，有些不大乐意搭理的意思。

认真说起来，宋文薇和许若唯并没有什么过节，只是上次厉家晨在商场的失态让她有些杯弓蛇影。不过，关于厉家晨的事，都容易让她情绪敏感，加上许若唯刚刚一出现就夺去了大把风头，而她又只是一个销售员，宋文薇自然有些不开心。

"你这身行头可不便宜，是谭经理帮你买的吧？"宋文薇的目光在许若唯身上转了一圈，等看到她手腕时，顿时就不淡定了，尖声嚷道，"这手链你哪里来的？"她一边说，一边去攥许若唯的手腕，力气之大，让许若唯疼得皱起了眉头。

"宋小姐，你干什么？"许若唯有些不明白她为什么失态。

宋文薇已经看清楚那条手链了，她露出一丝震惊的神色，那妆容完美的

196

脸顿时出现了裂缝。

竟然是她？原来厉家晨藏着掖着、千方百计要讨好的那个女人不是自己，竟然是这个许若唯！

"是厉家晨送给你的？"宋文薇努力维持着镇定，她冷笑道，"原来许小姐喜欢觊觎别人的未婚夫？你不是有男朋友吗？"

许若唯没想宋文薇会当众这样咄咄逼人，还好两人是在会场的角落，没有多少人留意。她深深吸了一口气，沉声说道："家晨从来没有亲口承认过'未婚妻'这回事，宋小姐，如果他承认了，我绝对不会当第三者。"

"哼，许小姐，你太天真了。"许若唯的话无疑戳中了她的痛处，宋文薇怒极反笑，优雅地拨了拨卷发，说道，"论家世，论交情，我和家晨的家人都默认了这门婚事，许小姐，你觉得你所谓的爱情能撑多久？"

宋文薇没有再纠结"未婚妻"的问题，许若唯反而松了一口气。她其实也不肯定，她只是在堵厉家晨不会骗她罢了。

"你开个价吧，许小姐脚踏两只船，不就是为了钱吗？"宋文薇笑容甜美，仿佛说这种恶毒话的人不是她，但这话确实刺伤了许若唯。

她明明爱着厉家晨，可两人再次开始是因为金钱关系，她一个字也说不出来，脸色苍白。

"怎么，说穿你的心事了？"宋文薇优雅的笑容中透着鄙夷，尖刻地说，"我劝许小姐还是及早脱身，要是你男朋友知道了……"

"宋小姐，你觉得我应该知道什么吗？"谭森宇端着香槟，远远就看到了宋文薇和许若唯，他原本顾及到许若唯的心情，并没有立刻现身，但看到她神色仓皇，他再也忍不住挺身而出。

"谭经理？"宋文薇对谭森宇并不熟悉，只记得他是许若唯的上司，看到他出面，她有些意外，恶意地挑拨，"你不知道你女朋友勾搭别的男人吗？谭经理，我劝你，这样的女人空有容貌，你还是看清楚点儿好。"

"小唯有多好，我比任何人都清楚。"谭森宇微微一笑，将手上的香槟酒递给许若唯，同时亲昵地揽住她的腰，温声说，"我相信我的女朋友，宋小姐，你还是多操心你自己的事吧。"

许若唯微微一颤，飞快地看了他一眼，那张温和的俊脸柔情四溢，丝毫看不出来是在撒谎。

"真是可笑！"宋文薇气得说不出话，她毫无形象地扔了一个白眼给谭森宇，临走还不忘对许若唯放狠话，"许若唯，我得不到的东西也轮不到你这样的女人！"

许若唯狠狠咬住了下唇，等宋文薇一离开，她立刻从谭森宇的怀里挣脱开。

"谭总，谢谢你替我解围。"谭森宇的确是个很不错的人，令人如沐春风，可是她的爱情全给了厉家晨。

看着她疏离的态度，谭森宇心里有些不是滋味，他轻声问："你爱那个人？"

虽然答案让人为难，但许若唯没有任何犹豫，点了点头，干净的眼神透着一股坚定。

谭森宇无声地叹息，明知道结果，他还是问了出来："我没有机会，是吗？"

"谭总，您值得更好的人。"许若唯认真地说，"不是你没有机会，是别的人都没有机会。"

真是毫不留情的回答啊，谭森宇苦笑着摇摇头，心里那股失落和遗憾无法掩饰。他就知道，这样一个美好的姑娘怎么可能会没有人爱，是他迟到了，要是他早点儿遇到她该多好。

"谭总？"许若唯也不知道该说什么，见谭森宇久久不回答，便小心地喊道。

"我该想到的，这朵玫瑰太美了，肯定早就有了精心呵护的主人。"谭森宇很有风度地露出一个笑容，藏住了眼底的黯然，温声说，"那我只好继续去寻找我的玫瑰花了。"

面对谭森宇的体贴和绅士，许若唯心里热热的，她是真的感激谭森宇，这个称呼她为"玫瑰花小姐"的善解人意的上司。

"开心点儿吧。"感觉到气氛有些低迷，谭森宇及时转开话题，"许小姐，可否赏脸一起跳支舞？"

许若唯打起精神，微微一笑，将手递了过去。

热闹的晚会，处处都看着光鲜迷人，殊不知背后却暗藏玄机。

第二天一大早，厉家晨刚进办公室，一份早报就被扔在他面前。

"厉家晨，你肯定会感兴趣的。"宋文薇看上去心情很好，拨弄着新打理的发型，笑盈盈地看着他。

厉家晨的眉头皱了起来，沉声道："你什么意思？"

"你的小情人，厉家晨，想不到原来你喜欢这样的女人，"宋文薇原本娇美的容貌多出几分刻薄，她尖着嗓子说，"不就是长得好一点儿，背地里劈腿，还不知道给你戴了多少绿帽子呢！"

　　"你闭嘴！"厉家晨冷冷地喝了一声，"若若有多好，我比你清楚。还有，这是我的私事，不用你过问！"

　　宋文薇一口气憋在心里，又气又急，见他不分青红皂白地维护许若唯，更加嫉妒，她冷笑两声说道："连话都是一模一样的，厉家晨，我告诉你吧，许若唯的男朋友也是这么维护她的，哼！你们真是疯了！"

　　厉家晨紧紧抿着唇，眼中发出慑人的光，他厉声问道："你去找若若了？"

　　"若若？叫得可真亲热。"宋文薇酸酸地说，"对，我是去找她了，不过人家跟她男朋友卿卿我我，可没有想起你。"

　　她一边说着，一边扬手将那份早报抖开，在时尚版的头条位置，一张硕大的彩图赫然呈现：宋文薇与谭森宇冷面相对，而许若唯则弱不禁风地窝在谭森宇怀里，更加显得两人情意绵绵。

　　厉家晨眸色一暗，他面上变了又变，最终沉着脸问："你去找她麻烦了？"

　　"我什么都没做，我只是想看看，我到底输给什么样的女人。"宋文薇下意识地隐瞒了自己谎称是厉家晨未婚妻的事，忿忿地说，"家晨，我等了你两年，我到底哪里不如这个女人？"

　　厉家晨的目光死死盯着那份报纸，他的声音透着一份倦怠和无力："文薇，不关你的事，我和若若两年前就在一起了，我们订过婚。"

　　"你说什么？"宋文薇仿佛听到了一个笑话，她努力维持的完美形象此刻崩塌了，恨不得跳脚尖叫。

　　"我没有骗你，所以，我是不可能爱上你的。"厉家晨第一次直白地拒绝她，"文薇，我一直把你当妹妹。"

"妹妹？我不要做你的妹妹！"宋文薇尖声嚷道，"你要娶许若唯吗？一个商场卖珠宝的？伯父不会答应的！"

她话里话外明显看不起许若唯，厉家晨的脸冷了下来，喝道："文薇，这不是你该管的事！"

"厉家晨，我讨厌你！"宋文薇气得发狂，一时又无可奈何，她抢起手上的包，不管不顾地往厉家晨的办公桌上砸，砸完不还解气，又顺手将桌上的文件全扫到地下，拿十厘米的高跟鞋使劲踩。

"够了，你别闹了！"厉家晨冷眼看着她刁蛮任性的样子，沉声道。

"厉家晨，你等着吧！"宋文薇被他一吼，心里更加委屈，捂着脸嘤嘤地哭了起来，转身就跑。

厉家晨坐在椅子上一动不动，目光始终盯着那张报纸，任由那种叫愤怒的情绪将他吞没。

这一整天，许若唯也为报纸上的新闻而苦恼，明明是她和宋文薇的私事，怎么记者就捕风捉影，写成了"珠宝新贵美人在怀，灰姑娘成功逆袭"？她哪里是灰姑娘了？

许若唯闷闷不乐的情绪一直持续到了下班，回到家，魏琳和专柜的同事一样，见面就朝她扑过来打听。

"Olive，你是不是应该给我这个媒人一个大红包？"魏琳笑得很得意，扬着手上的报纸，愉悦地说，"你看看，你们俩多配啊！"

"Vring，你别胡说了，真的不是你想得那样。"许若唯一阵头疼，她现

在担心的是厉家晨也看到了新闻。

见她神情黯然，魏琳暗自纳闷，难道他们俩还没有在一起吗？可这新闻都出来了呀！

许若唯心不在焉地盯着电视，脑子里想着厉家晨可能会有反应，一时心绪不宁，直到一阵手机铃声打断了她的思绪。

"喂？"看到那个熟烂于心的号码，她心里一颤。

电话那头久久没有声音，她有点儿急了，连连问道："你在吗？怎么不说话？"

还是没有人应答，那头依稀有嘈杂的人声、音乐声、脚步声，隐隐还有压抑的呕吐声。许若唯越来越急，难道厉家晨出了什么事？

"你在哪里？出什么事了？"

魏琳好奇的目光投了过来，许若唯这时候也忘了掩饰，只是一遍遍追问电话那头的人。

酒吧里，周言挤到吧台边，他哭笑不得地看着烂醉的厉家晨。

这家伙今天也不知道发什么疯，分明是介意报纸上的新闻，还故意装作不在乎，但是一转身就把自己灌得醉醺醺的。

"你别喝了，自己的胃不知道啊？"周言上前去搀他，两人拉扯之间，厉家晨手中的手机滑了下来。

周言捡起来一看，显示的还是通话中，对象不用说，是许若唯。

"小唯，我是周言，我和家晨在一起呢，你别担心。"周言苦笑道，狠狠瞪了一眼不省人事的厉家晨，有什么话不能好好摊开讲，居然学人家买醉。

"他怎么了？没事吧？你们现在在哪里？"听到周言的声音，许若唯稍稍安心，问题却一个接着一个。

"我们在酒吧呢，我马上送他回去。"周言嘟囔着，"这家伙的公寓我都没去过，也不知道在哪里，这要是送回厉家，等下厉伯伯又该骂我了。"

许若唯一愣，厉家晨的那套公寓连周言都不知道吗？但他让她搬进去了。

正在晃神，电话那头传来周言的呼声："厉家晨，你别往我身上吐啊，这可是我新买的衬衣啊！"

"怎么了？"

电话那头闹了一阵，好半晌周言才重新拿起手机，愤愤地说："我马上送他回去，小唯，你别担心了……"

不知道是不是"小唯"这个名字刺激到了厉家晨，原本靠在周言身上的人突然夺过手机，低声吼道："许若唯，我看到新闻了。"

听到他的声音，许若唯一怔，厉家晨不是在说醉话，他很清醒，她甚至能听出他无声的控诉和愤怒。

"小唯，你别理他。"周言连忙抢过手机，带着哄劝的意思说道，"有什么话你们当面说吧，他现在喝多了。"

"周言，你把他送到这个地方吧，我马上过去。"许若唯飞快地报了地址，一边往门口走去，一边说道。

周言一愣，这两人已经住在一起了吗？可惜他还没来得及问，许若唯已经挂了电话。

看着许若唯急急忙忙地换鞋子，魏琳赶紧追了上去，问道："这么晚你

还要出门吗？"

许若唯点了点头，犹豫了一下，说道："我可能不回来了，你不用等我。"

魏琳张了张嘴，她想问刚才是谁打的电话，还有不回来是什么意思？要和谁一起过夜？谭森宇吗？但是话到嘴边又咽了下去，只是长长地"哦"了一声。

不管怎么说，这都是Olive的私事。

许若唯赶到公寓的时候，周言已经走了，厉家晨躺在卧室的床上，大概酒还没醒，脸色潮红，紧紧地皱着眉。

看他样子似乎很难受，许若唯连忙泡了一杯温的蜂蜜水，小心地喂给他喝。厉家晨虽然迷迷糊糊的，但很听话，乖乖喝完了。

他睡着的模样像个有心事的孩子，眉宇间多了一丝稚气。许若唯轻轻地替他解开外套，拿了热毛巾，温柔地帮他擦拭。

厉家晨吐过之后，其实就已经醒了，只是头疼得难受，闭着眼装睡。周言走之后，他知道许若唯会过来，他打那个电话其实早就存了自己的小心思。

柔嫩的手在他额头上游走，带着她身上清幽的馨香，厉家晨突然睁开眼，那双黑曜石一样的眸子格外明亮，就像窗外的灯火。

"你，你醒了？"厉家晨突然醒来，许若唯一愣，连忙缩回手。

谁知厉家晨动作更快，一把抓住她的手不放，眼神让人不安，他哑声问道："你要去哪里？"

许若唯没反应过来，厉家晨却因她短暂的沉默更加愤怒，他用力将她往怀里一扯，两人一起跌倒在床上。

"你要去找那个男人吗？"灼热的气息打在许若唯的脸上，还带着一股酒气，他似乎已经失控了，一边扯着许若唯的衣服，一边恶意地问，"许若唯，你忘了我们的协议吗？还是你已经找到了更好的金主？"

许若唯闻言，身体瞬间僵硬，她死死地攥着床单，努力不让自己哭出来，不断安慰自己，他喝醉了，他一定是喝醉才这样说的。

得不到回应的厉家晨就像失去理智的野兽，他疯狂地在她身上啃噬，印下自己的烙印，就像宣示主权一样。

"你也会让他这样对你吗？"厉家晨红着眼问道。

许若唯拼命地摇头，眼泪无声地滑落，厉家晨却恍如未见，沉浸在自己的疯狂和嫉妒中，完全不顾她的疼痛和泪眼。

他大概是疯了，一向冷静自制的他，只要碰上关于她的事，便崩溃倒塌。

"你爱上他了吗？还是我不够让你满意？"厉家晨讥笑道，"你就这么讨厌我碰你？"

"家晨，没有别人。"许若唯忍着心里的酸涩，想到周言和她说过的话，想到自己最终的决定，伸手抱住他，轻轻抚摸他的背，轻声说，"我没有让任何人碰我。"

她的语气太过温柔，厉家晨身体一僵，停了动作后，一声不吭地盯着身下的人，紧抿着唇。

虽然这并不是一个谈话的好时机，但是许若唯觉得有些话一定要说清楚。

　　"不管你是怎么想的，家晨，我只想告诉你，我一直都爱你。"她清亮的眸子一动不动地看着他，温柔而坚定地说，"所以，你不能再这么侮辱和误会我，别人可以，但是你不行。家晨，你不能因为我爱你，就拿这个伤害我。"

　　厉家晨有那么一刻以为自己真的醉糊涂了，他听到许若唯说爱他，一直还爱着他，她不是该恨他吗？她这两年吃了那么多苦，他还故意借许安伟的病刁难她，这些她都原谅他了吗？她说她爱他！

　　他的眸子顿时亮了，他看着那张还留着泪痕的脸，一时竟然不知道该说什么。他呆了一会儿，很快又发了狂似的吻上她的唇。

　　也许是感受到他的悸动，许若唯慢慢放松下来，开始回应他的热情。这无疑是鼓励了厉家晨，他不再似先前那般掠夺，这一次，他温柔而缠绵，就像一汪湖水，教许若唯尽情领略他的深情。

　　第二天，厉家晨是被宿醉的头疼弄醒的。他一睁眼，下意识地去看身边的人，空荡的位置让他一愣，难道昨晚只是个梦？

　　许若唯听到卧房的动静，连忙端着煮好的解酒茶走了进去。

　　"头还疼吧？下次不许喝这么多了。"带着一丝娇嗔，她将手上的杯子递了过去。

　　她穿着一身白色的长裙，外面罩了一件米黄色的针织衫，温婉清丽，整个人在晨光里就像是一个仙女。

　　厉家晨为自己恶俗的比喻暗笑，但痴迷的目光舍不得移开半分，直直地盯着许若唯，眼里的热情连阳光都要为之失色。

　　许若唯被他看得脸上热热的，想到昨晚的事，她羞赧地低下了头。

"若若，一睁开眼就能看到你，真好。"厉家晨伸手抱住她，亲昵地在她脸上轻蹭，神情满足。

许若唯抿着嘴笑，心里的喜悦和甜蜜丝毫不比他少。

"搬过来和我一起住吧？"厉家晨诱哄道，"若若，以后每天我送你上班，你给我煮饭，我们一起去超市，这样，你就没有机会被别人抢走了。"

他带着孩子气的话让许若唯哭笑不得，谭森宇的事情，她昨晚已经解释过了，这家伙怎么还这么小心眼？

她的笑容既甜蜜又无奈，想到那个晚会，她不禁又有些埋怨："你还说呢，要不是你，宋小姐也不会和我吵起来。"

"她是有点儿大小姐脾气，你别搭理她。"厉家晨温柔地摩挲着她的头发。

"宋小姐说……"许若唯抬头看了他一眼，心里忐忑，"她说你们订过婚，她是你的未婚妻，我不相信。家晨，你爱的是我，对吗？"

看着她不安的样子，厉家晨微微一僵。他承认，昨晚在得知许若唯的心意之后，他既惊喜也有些茫然。宋文薇并不是横亘两人之间的问题，问题是许安伟。他一直都在矛盾和纠结，这也为什么昨天晚上他没有立刻做出承诺的原因。

可是，既然已经下定决心重新开始，他也不愿再次伤害许若唯，但到底怎样才算不伤害呢？隐瞒自己的心意？还是将一切坦白？

"当然，若若，我爱的人一直是你。"厉家晨感受到她的战栗，他一咬牙，决心不去管许安伟的存在。他轻轻地从许若唯的脖子上扯出那条项链，取出她一直贴着心脏戴着的戒指。

许若唯的眼睛也慢慢湿润了。

"我的未婚妻只有一个，那就是你。"厉家晨温柔地将那枚戒指套在她的无名指上，吻了一下，"这一次，不管是什么理由，我都不会再放开你。"我只是担心你知道真相后不会再要我。

许若唯不知道他内心的隐忧，她喜极而泣，两人紧紧相拥。

时光好像又回到了两年前，甜甜蜜蜜的，少了一份梦幻，多了一份淡淡的温情。许若唯觉得他们就像新婚夫妻，既有耳鬓厮磨的亲昵，也有牵手一起逛超市的温馨，她的笑容明显多了起来。

许若唯现在一个星期大概有三四天不住在家里，魏琳虽然纳闷，私下却以为她和谭森宇在交往，也没有多问。倒是许若唯自己过意不去，每每约会回来，总是带许多好吃的给她。

"我给你带了芝士蛋糕，你最爱的。"这个星期很久没有回家了，许若唯难免有点儿心虚，进了客厅，连忙把蛋糕双手呈上。

魏琳正在打电话，笑眯眯的，大概是没想到她会回来，愣了一下，脸上闪过一丝可疑的红晕。

"给谁打电话呢，神神秘秘的？手机拿来！"许若唯眨眨眼，她很少在魏琳身上看到这样小女生的娇羞。

"喀喀喀。"魏琳挂了电话，装模作样地咳，目光到处乱瞟，就是不敢看许若唯。被许若唯盯得腼了，她豁出去般说道："好啦，我男朋友。"

"Vring，你什么时候交男朋友了？我居然不知道？"许若唯说着就扑过去，缠着她，笑着问，"谁啊？帅吗？我认识吗？"

魏琳的脸似乎更红了，她抓了抓头发，小声说："我们杂志社的新摄影师尼奥。"

"就是那个被你骂了很多次，还一直逼着你加班的史上最变态的摄影师？"许苦唯惊讶得合不拢嘴。

"他哪里变态了？这不是以前不了解嘛。"魏琳立刻开始护短，讲了一大堆男友的好话，然后总结道，"总之呢，就是你光顾着谈恋爱冷落我了，一点儿都不关心我的私生活。我大人不记小人过，明天晚上，我和我男朋友请你吃大餐，你把谭森宇也叫上。"

许若唯张了张嘴，刚要告诉她，自己其实和厉家晨在一起了。转念一想，反正明天也要见面，让她自己慢慢去消化吧。

厉家晨接到许若唯的电话时，满肚子不快，说道："若若，昨天我不该让你回去的。"

没有许若唯，那个家简直冷清得不像话，他一秒钟都待不下去，真怀疑自己以前是怎么忍过来的。

"我也不好意思老让Vring一个人嘛。"似乎看到了他孩子气的模样，许若唯温声哄道，"Vring交了新男友，以后我就能多陪陪你了。"

"这还差不多。"厉家晨哼了两声，脸色总算缓和了一些。

许若唯轻笑道："Vring晚上请我们吃饭，你有时间吗？"

"晚上可能有个应酬。"厉家晨皱了皱眉头，顿了一下，说道，"这样吧，你把地址发给我，应酬完了我过去接你，今天晚上不能再让你溜了。"

"厉家晨，你脑子里都在想什么？"许若唯气呼呼地说。

"你啊。"厉家晨低声笑道，就像在逗一只无辜的小白兔。

周言刚好过来找厉家晨签字，看到他满脸无耻笑得甜蜜，酸酸地说："厉总，我强烈抗议你现在的行为，赤裸裸的秀恩爱啊！麻烦你收敛一点儿

好吗？"

厉家晨挂了电话，嘴角还带着笑意，他一边翻看手上的文件，一边淡淡地说："没办法，老婆查岗，你这种单身的人是无法体会的。"

周言不可思议地瞪大了眼睛，什么叫过河拆桥？要不是他帮忙，这家伙还在酒吧买醉呢。

"我一定要去告诉小唯，多好的姑娘，被你骗走了。你说，她怎么就看上你了呢？"周言念念叨叨的，本来是随口一说，突然又想到了什么，他脸色一正，问道，"家晨，那件事你是不是还没有告诉小唯？"

周言虽然没有说什么事，但厉家晨立刻明白过来，正在签名的手一顿，僵在了那里，片刻后才回答："我会找机会告诉她的。"

周言看了厉家晨一眼，眼神复杂。虽然他没有亲身体会过，但也能想象，在这段感情里，家晨是如何痛苦，又如何取舍两难，只是这种事终究是隐瞒不了的，丑媳妇也要见公婆，到时候真相必定会被揭露。

"家晨，你还是尽早说吧，我这心里怪不安的。"想了想，周言多嘴道。

厉家晨没有回答，就像没有听到似的，他念着好不容易求来幸福，不想要这么快失去。是的，他害怕，害怕小唯知道真相后会怎么样，难道他要告诉小唯，你最爱的男人把你父亲送进了监狱，也毁了你本来的生活……

CHAPTER 第十章

THE SKY
OF LOVING IS RAINING

属于他们的爱的、
故事，才刚刚开始

当晚，许若唯赶到魏琳订的餐厅后，立刻被这两位搞艺术的人折服。

这是一间建在水上的餐厅，四面的灯光映在湖面，光影交错，十分美丽，从包厢往外看，就仿佛身在云端。

"不愧是搞摄影的，餐厅格调不俗嘛。"许若唯毫不吝啬赞美之词。

魏琳得意地挽着男友的手，笑道："这是尼奥订的，很有感觉吧？"

许若唯朝好友的男朋友看去。

其实她一进来就注意魏琳身边的那位年轻男子了，对方穿着黑色T恤衫，搭配同色牛仔外套，浅色的破洞牛仔裤，一顶鸭舌帽压得低低的。这一身明显和这个餐厅的氛围不符合，但他安之若素，完全不在意那些人投过来的目光。

"你好，我叫Olive，是Vring最好的朋友。"许若唯友好地打了个招呼，对这个传说中变态的摄影师，她心里还是有几分发慌的，毕竟能把魏琳惹毛的人不多。

"你好，我是尼奥。"尼奥眼睛一亮，毫不做作地牵起许若唯的手，轻轻一吻，说道，"你可以做我的模特。"

许若唯一头雾水，被尼奥的热情惊到了，无助地看向魏琳。

"他夸你美丽呢。"魏琳"啪"的拍开了尼奥的手，瞪了他一眼，随后解释说，"这家伙很花心，看到美丽的东西就喜欢毛手毛脚。"

"No！我只是欣赏一切美好的东西，"尼奥一本正经地解释，"我爱的是你，Vring。"

尼奥说话时才露出脸，许若唯惊奇地发现他居然是混血儿，眉目十分精致，魏琳真是赚大了。想到这里，许若唯又望向魏琳，看到好友脸红得不像话了，然后甜蜜地叉起一块蛋糕，喂给尼奥。看来她找到自己真正的幸福了。

晚餐在愉快的氛围中结束了，鉴于这里的夜色实在太美，他们又聊了一会儿。

"咦？这里还有钢琴，Olive，为我们弹一曲吧？"三人走出包厢，正要去结账，魏琳看到大厅里的钢琴，又惊又喜地嚷了起来。

许若唯微微一笑，点头说道："好啊，就当是我送给你们的祝福。"

大厅中间有一个圆形的舞台，舞台中间放着一架白色的三角钢琴，而在舞台四周则围着一圈喷泉。喷泉有规律地升降，就像水帘一样，随着每一次钢琴的乐音，婀娜多姿的水柱便翩翩起舞，衬得舞台中间弹奏的人如梦似幻。

许若唯在钢琴前坐下，深吸一口气，深情的音符缓缓奏响，是《梦中的婚礼》。随着动听的音乐，四周的喷泉慢慢涌起水柱，时高时低，时大时小，左右摇摆。

大厅的灯光给这一幕增添了几抹颜色，迷蒙的水雾中，许若唯似一朵百合静静绽放。

魏琳无声地依偎着尼奥，被眼前的景象打动，不远的门口，另一道身影

也静静伫立着，欣赏着眼前如梦如画的表演，连眼睛都舍不得眨一下。

随着琴曲的流淌，原本就不吵闹的餐厅显得更安静，直到许若唯弹完最后一个音符，大家才好像突然从梦中惊醒，纷纷开始鼓掌。

"Olive，你太棒了。"魏琳热情地抱住了走下台的许若唯。

"我们快走吧，我都不好意思了。"扫向四周，看到太多注视自己的目光，许若唯有些不好意思了。

眼看有几位男士蠢蠢欲动，打算搭讪，魏琳促狭地笑了笑，拉着尼奥往前台走，说道："那好，我们去结账吧。"

"魏小姐，你们的账单已经有人付了。"走到台前，收银员礼貌地微笑道。

"谁啊？"魏琳疑惑地问道，"不可能啊，我们就三位，谁都没有埋单啊。"

"是一位先生。"听到魏琳的话，收银员一愣，问道，"你们不是一起的吗？"

一位先生？魏琳想了想，摇摇头，转身看向许若唯，笑道："难不成刚刚有人为你的魅力所折服，偷偷跑过来给我们埋单了？"

"别瞎说了。"许若唯瞪了她一眼。

"算了，免费的午餐不吃白不吃。"

听到魏琳的话，许若唯忍不住笑出声，三人一起往餐厅外走去。不过刚走出餐厅，一位年轻男子突然跑过来，拦在了许若唯的面前，说道："这位小姐，能留个电话吗？"

见状，许若唯微微皱起了眉头，她很不喜欢这种当众搭讪的行为，而且对方私自拦住她的路，显得很没有礼貌。

"这位先生，刚刚是你替我们埋单了吗？"魏琳好奇地问道。

对方愣了一下，没有说话，笑了笑，有些默认的意思。

"一顿饭换一个电话号码，你倒是挺大方的。"尼奥出言讽刺道，显然看不顺眼对方这种装阔的行为。

"你讲话客气点儿！"那人见尼奥穿着随便，脸色有些不屑，他刚要大放厥词，另一个声音传了过来。

"我看讲话要客气点儿的是你吧？"微微清冷的声调，连着那一张俊脸也是冷冷的，许若唯一愣，很央就笑了，主动走过去，挽住来人的胳膊，小声问道："你什么时候过来的？"

厉家晨目光一柔，说道："在你弹钢琴的时候。"

"厉家晨？"魏琳惊讶地叫起来。她伸出手指着那两个依偎在一起的人，满肚子的疑问，又惊又怒。

许若唯吐吐舌头，心虚地避开好友的指控，向尼奥介绍道："这是我男朋友厉家晨。"

"男朋友？"魏琳的声音又高了几度，她连忙按住胸口，真怀疑自己今天会被许若唯气死。

厉家晨从没觉得"男朋友"这三个字这么悦耳过，他优雅地点点头，向尼奥伸出了手，笑道："晚上有点儿事没能赶过来，我已经埋单了，希望你们吃得开心。"

尼奥刚要握上去，魏琳一把打开了他的手，没好气地嚷道："握什么握，还没过我这关呢。"

　　魏琳气呼呼地放完话，给了许若唯一个白眼，意思是回去再收拾她。然后，她走到那个搭讪的男人跟前，讥笑道："没见过你这么渣的，活该你单身一辈子！"

　　看到魏琳指桑骂槐，许若唯瑟缩了一下，往厉家晨怀里躲了躲，心想魏琳真生气了，晚上肯定不会饶了她的。

　　回去的时候，两对情侣是分开走的，一路上，尽管厉家晨百般暗示许若唯，但她还是装作没看到。没办法，她今天要是不回家，新仇旧恨，魏琳一定会气炸的。

　　"我到了。"到了小区，许若唯手脚麻利地解开安全带，伸手去推车门。

　　厉家晨满脸憋屈，一把搂过她，低下头狠狠地吻上她的唇。

　　逼仄的空间，他钳着她的腰，她整个人都动弹不得，只能由着他为非作歹。

　　"Vring他们马上就到了，会看到。"那只手越来越不老实，许若唯涨红了脸，小声抗议。

　　"乖，他们也需要goodbye kiss。"厉家晨低声哄道，试图加深这个吻，许若唯立即推开他。

　　"若若。"厉家晨温热的气息打在她的脸上，俊朗的眉眼此刻带了点儿孩子气的委屈，不满地嘟囔道，"你昨天也没陪我。"

　　"明天好不好？"许若唯主动在他唇上啄了一下，笑道，"明天早上我给你做爱心早餐，你想吃什么？"

　　"你。"厉家晨不满意这个蜻蜓点水似的吻，又开始缠着她。

许若唯红了脸，这时，魏琳也到了。她怒气冲冲地走过来了，也不管他们在里面你侬我侬，将车窗敲得叮当作响。

许若唯立刻推开厉家晨，飞快地下了车。

看着许若唯离去的身影，厉家晨觉得，这个晚上的夜色似乎有那么点儿哀怨。

魏琳虽然嘴上嚷嚷着要找许若唯算账，其实也没有真生气。许若唯将两人重逢后的事简单讲了一遍，她也更加能理解了。

"你居然背着我去酒吧打工？"魏琳惊讶道，一阵心疼，幸好当时没出什么事。

许若唯讨好地撒娇："我当时也是太心急了嘛。"

魏琳摇摇头，心里想的却是另一件事。从许若唯的叙述中，厉家晨明显对她余情未了，今天看到两人相处，他分明就是把许若唯宠如珠宝，任谁看了都会觉得这是一对金童玉女。其实，两年前厉家晨对许若唯也是百般疼爱，既然如此，那他当初为什么会一声不吭地离开呢？

"Vring，你还在生气？"许若唯小心翼翼地看着魏琳的脸色问道。

魏琳摇了摇头，认真地问道："Olive，厉家晨有没有说过，当初他为什么会突然消失？"

许若唯一愣，缓缓地摇了摇头。

她偶尔也会提起当初的事，但是每当这个时候，厉家晨都会露出很复杂的神色，懊恼地跟她说，以后再也不会让她这么辛苦了。可是，对于他为什么离开，他从来没有解释过。

其实，她不是没有纠结过这个问题，这就是她的一道伤。

　　"不管他那时候离开的原因是什么，我都愿意不去追究了。"许若唯慢慢地说道，她现在只想好好的重新开始，过去的伤痛就让它结疤，总有痊愈的时候。

　　"好啦，不管怎么样，只要是你的决定，我都支持。"魏琳轻轻抱了抱她，慎重地说，"Olive，你什么都不用顾虑，只要跟从着自己的心就好。"

　　许若唯点点头，伸手回抱住魏琳，希望从今以后她们都能得到幸福。

　　日子就像童话一样，经过了磨难，王子和公主从此幸福地生活在一起。

　　许若唯正式搬到了厉家晨的公寓。厉家晨暗自心喜，为了讨美人欢心，他特意花时间重修了整个阳台，将它布置成一个花的海洋。

　　当许若唯看到满墙紫色的藤萝，还有那一架精致的秋千，又惊又喜。

　　"你是怎么做到的？"她迫不及待地坐上去，阳光从花荫中投下来，落在她的笑脸上。

　　厉家晨满脸笑容，走过去，低头亲了亲她的额头，说道："你以前说过的，我一直记得。"虽然麻烦了一些，虽然花了不少人力财力，但是只要她开心，他完全不在意。

　　"谢谢你，家晨。"许若唯主动送上香吻。

　　厉家晨得寸进尺，一把将她打横抱起，大步往卧室走，说道："我还是比较喜欢行动上的感谢。"

　　缠绵过后，许若唯羞愤得不肯钻出被窝，这可是大白天，他们居然就……

　　"你还不想下床吗？"厉家晨把她从被子里拉出来，意有所指地逗她。

　　许若唯瞪了他一眼，伸手推他，问道："你下午不用去上班吗？"

"要去的，还有个重要的会。"厉家晨懒懒地坐起来，揉了揉她的头发，笑着说，"如果每次都有这样的福利，那我上班会更有动力。"

许若唯用被子捂住脸，一脚踹了过去。

厉家晨走后，她又睡了一会儿。起床的时候已经是下午了，她把搬来的东西一一整理了一下，打扫了卫生，看看时间差不多，又开始准备晚餐。

因为搬家，许若唯特意请了一天假，她一边在心里暗暗盘算这个月的考勤，一边随手切着土豆丝。不知道为什么，她总有点儿心神不宁，好几次险些切到手指头。当淡淡的香气在厨房里弥漫开时，她的脸上才渐渐有些笑容。

她今天煮了乌冬面，厉家晨前几天一直念叨着想吃，他等一下肯定会很开心。

"叮咚——"门铃突然响了。

"来啦。"许若唯笑着跑去开门，语气里是藏不住的欣喜，"不是带了钥匙吗？干吗每次都让我……"

话说了一半，她的声音戛然而止，愣愣地盯着眼前的不速之客。

宋文薇今天特意打扮过了——迷人的花苞头，粉紫色的连衣裙，连项链和耳环都是精心挑选的，整个人明艳无双。

站在穿着围裙扎着马尾的许若唯面前，宋文薇的气焰很嚣张，她昂了昂下巴，尖声说："许小姐不请我进去坐坐吗？"

许若唯这才反应过来，稍稍犹豫了一下，让她进了屋子。

宋文薇刚走进客厅，立刻飞快地打量整个屋子。

温馨的暖色家居，碎花的布艺窗帘，茶几上的花瓶里插着百合花，沙发

上放着玩偶抱枕，这一切都昭示着这里有个女人。

宋文薇暗暗攥紧了拳头，新做的指甲掐进了肉里，她却浑然不觉。她跟在厉家晨后面追了两年，从来不知道他在外面还有这一套房子，而许若唯这个女人，不费吹灰之力就做了这里的女主人。

"你不问问我是怎么知道这里的？"宋文薇极力想摆出一副女主人的姿态，可是她愤怒的表情泄露了心思。

许若唯将一杯果汁递给她，问道："宋小姐找我有什么事吗？"

她这副不接招的姿态激怒了宋文薇，她手一挥，顿时将那杯橙汁洒了出去，玻璃杯"哐当"碎了一地。

"你得意什么？许若唯，你以为你的爱情很伟大是吧？"宋文薇哈哈笑了两声，美艳的脸上显出几分狰狞，冷笑道，"你还真是可怜，我都要替你爸感到悲哀了，他怎么会生出你这样的女儿？"

"你什么意思？"许若唯原本以为宋文薇只是有些不忿，听到她提及自己的父亲，心里一震，莫名的慌乱铺天盖地地袭来。

"什么意思？"看到许若唯面上的紧张，宋文薇十分得意，她从手提包里拿出一份文件，随手扔在茶几上，讥笑道，"看清楚了，许若唯，每天跟你同床共枕的人可是你的仇人！可笑吧？我早就说过了，就算我得不到，也轮不到你。"

父亲？仇人？许若唯的头脑一片空白，她下意识地反驳："你胡说！"

"白纸黑字，写得清清楚楚，你还想自欺欺人？"宋文薇恶意地说，"你爸知道你和厉家晨在一起吗？"

宋文薇还在说什么，许若唯却一个字也听不进去了，她颤抖着手，翻开茶几上的那份文件。

不要相信她，她是骗你的！她就是为了报复你抢走家晨！

许若唯一遍遍地在心里安慰自己，但当她的目光落在文件上时，整个人愣住了。

厉家晨！向法院提交证据置父亲于死地的人居然是厉家晨！

"不可能的，不可能的！"许若唯呢喃着，她突然像疯了一样，抓过那份文件，三两下撕成碎纸，朝着宋文薇扔过去。

"都是你骗我的！我不信，我不相信，家晨怎么会这样对我！"许若唯声嘶力竭地怒吼。

"厉伯伯的事业一直就在A市，家晨就是为了搞垮你们许家，才特意去B市的！"宋文薇嫌恶地避开她的攻击，说道，"所以那两年根本就是家晨设的局，你们那个婚约也不算数，什么未婚妻，他只为了接近许家而已！"

"请你离开！"宋文薇的话就像一把刀子，将那些不堪的过往再一次划开，许若唯颤抖着身体，指着大门冲宋文薇吼道，"这里不欢迎你，你滚！"

看到许若唯落魄的模样，宋文薇心情很好地离开了。

等到她离开后，许若唯隐忍的情绪再也忍不住，如洪水般倾泻而出，只是再凄厉的哭声、再多的眼泪，都表达不出她内心的伤痛。

两年前，厉家晨莫名其妙地消失，两年后，他对她的羞辱，以及他每次都不愿和自己一起去疗养院看父亲，也从来不带她回家见他父亲，所有的这些疑惑现在都有了答案。

厉氏集团此刻正召开股东大会，安静的会议室里，压在文件下的手机一直在响，但是因为调了静音，所以坐在首位的人没有留意。

"周特助，你的手机好像响了。"会议室外，秘书善意地提醒。

周言在会议室外面，正在焦急地等着会议结果，要知道这起并购案对厉氏至关重要，听到秘书的话，他才反应过来，立刻拿出手机。

"小唯？"看到来电显示，周言了然地笑了一下，说道，"家晨在开会，他会晚点儿回去……"

"周言，你知道我爸的事吗？"许若唯的声音在电话里听起来有些冷，"厉家晨亲手把我爸送到了监狱里！"

"你知道了？"周言脸色一变，下意识地脱口而出。

"你一直都知道？"听到周言的回答，许若唯颤抖着声音说道，"周言，你为什么不早点儿告诉我？他是我的仇人！他害了我爸，他毁了整个许家……"

说着说着，许若唯说不下去，电话里传来一阵哀恸的哭声，周言可以想象，许若唯此刻有多么绝望。

"不是这样的，小唯，你听说我。"周言急忙解释，"这是上一辈的恩怨，跟你们没有关系。当年，家晨父亲的公司出了问题，家晨的母亲与你父亲是旧识，她找你父亲求助，而你父亲……乘人之危侮辱了家晨的母亲，后来被厉伯父知道了，厉伯母因此心神不宁出了车祸。厉伯父对此一直耿耿于怀，所以家晨才会去B市，那时候他并不认识你！"

因为着急，他一番话说得颠三倒四。许若唯沉默了很久，哭着问："你说的是真的？"

"是真的！"周言急切地说，"小唯，你千万不要钻牛角尖，家晨是真的爱你……"

"所以我要原谅他害了我爸，害了我们许家？"许若唯凄楚地哭了起来。

"小唯！"她的声音无比绝望，周言急了，正要问她在哪里，许若唯突然挂断了电话。

周言心急如焚，许若唯现在肯定想不开，他担心她会做傻事。解铃还须系铃人，他还是快点儿把这事告诉厉家晨吧，尽管里面还在开会，他也顾不得那么多，猛地推开了会议室的大门，冲了进去。

看到周言慌张的模样，厉家晨的目光一沉，心跳加快，一种不好的预感浮上他的心头。

"小唯知道她爸的事了，我担心她想不开……"周言直奔他的身边，低声附在他耳边说道。

不等他把话说完，厉家晨猛地站了起来，一张脸阴沉得可怕。他拿出手机，等看到显示的十多个未接来电时，一颗心顿时沉到了谷底，慌乱和担忧写满了脸上，随即旋风般冲了出去，将一群人扔在会议室。

"对不起，您拨打的电话已关机，请稍后再拨……"厉家晨一边不死心地按下重拨键，一边去插车钥匙，不知道是不是手抖得厉害，那钥匙插了很久才对准钥匙孔。

"若若，都是我的错，我的错。"厉家晨一遍遍在心里念叨，车子开得飞快。

许若唯双手紧紧抱着膝盖，窝在沙发下，痛痛快快地哭了一场。

原来幸福都是假的，一切都是巫婆的魔法，时间到了，都会收回去。

她从无忧无虑的许家公主变成了酒吧里的啤酒推销员，她无所不能的父亲变成了乘人之危的小人，而她最爱的男人则变成复仇的刽子手。

许若唯觉得自己的爱情就是一个笑话。她说不清谁对谁错，可是她知道，她再也不会和厉家晨在一起了，而这个所谓的家，她也只能逃离。

厉家晨出了电梯，几乎是以冲刺的速度奔到屋子里。他从来没有这样害怕过，他害怕许若唯不在了，他再也找不到她，他也害怕许若唯一脸厌恶地等着他，宣判他的死罪。

空荡的屋子里没有人。

一桌子的菜渐渐冷了，地板上摊着碎玻璃，凌乱的文件碎纸到处都是。

"若若！"看着眼前的场景，厉家晨低吼一声，然后毫不犹豫地转身，再次狂奔。

他要找到她！一定要找到她！

魏琳接到厉家晨的电话时，明显有些惊诧，她不满地说道："我跟你不熟，有事吗？"

"若若在你那里吗？"厉家晨哑着嗓子，丝毫没有理会魏琳的抬杠。

"不在，出什么事了？她人呢？"厉家晨声音里的担忧掩饰不住，魏琳立刻认真起来。

厉家晨怎么样跟她无关，但Olive不一样。

现在的情况有些复杂，三言两语也说不清，厉家晨声音颤抖地说道："如果若若去找你，请你一定要告诉我，拜托了！"

他的态度很诚恳，魏琳听闻一愣，这个男人居然在恳求她？

"厉家晨，你去疗养院看看吧，Olive或许去找她爸了。"虽然不知道发生了什么事情，但是魏琳敏锐地察觉到不对劲。

"疗养院？"厉家晨精神一振。

"对，Olive心情不好的时候都会去找许伯伯。"魏琳飞快地说道。

"我知道了，如果你有若若的消息，请一定要告诉我。"厉家晨再一次恳求道。

挂了电话，回想着厉家晨不寻常的态度，魏琳再也坐不住了，立刻冲出了门。

厉家晨一路将车开得飞快，他从来没有这么后悔过。

两年前他就应该把一切说清楚，他爱许若唯，这一切又和上一代的恩怨有什么关系呢？

十字路口，红灯再一次亮了。

厉家晨急得连连按喇叭，可这无济于事，他挫败地抡起拳头，连连砸着车身，脸上满是懊恼和无力。

长长的车队就像被按了暂停键，稀稀拉拉的人群穿过街头，厉家晨的余光扫到一抹熟悉的身影。

"若若？"厉家晨又惊又喜，不愿放过任何一个可能，立刻推开车门，撒腿追了上去。

许若唯失魂落魄地走在路上，她压根不知道自己要去哪里，她已经没有家了。

"若若，若若！"厉家晨在人群中搜寻着，好不容易找到那个纤瘦的背

影，他急切地呼喊，赶忙追上去，唯恐一不小心她又走丢了。

听到厉家晨的呼声，许若唯恍惚了一下，以为是自己的错觉。

"若若，求求你，你听我解释！"厉家晨终于追上她，也不管这是人来人往的大街，从背后一把将她抱住，呢喃道，"若若，我爱你，你相信我好吗？"

从最初的震惊中回过神，许若唯意识到这不是错觉，开始激烈地挣扎。"爱"那个字眼仿佛戳中了她的神经，她激动地喊道："厉家晨，你放开我！你这个刽子手！你这个浑蛋！"

"我是浑蛋，我是害得你爸坐牢，可是，若若，你不能怀疑我爱你！"厉家晨抱着她，神情痛苦地大吼，"我是不得已的，我不知道你是许安伟的女儿！当我知道的时候这一切都晚了，所以我那时候无法面对你。"

"那你现在就有脸面对我吗？厉家晨，你骗我！如果你早告诉我，我就不会和自己的仇人在一起！"许若唯哭得撕心裂肺，她最不能原谅的是自己爱上的人竟然是害得她家破人亡的家伙。

"若若，你公平点儿好吗？难道你爸没有错吗？"厉家晨绕到许若唯身前，扶着她的肩说道，"是，我承认我做错了，你给我弥补的机会！"

"那是我爸！"纵使有再多的错，那也是她父亲，她怎么能苛责他呢？她只能恨自己，是的，她最恨自己。

狠下心，许若唯一口咬在他的手腕上，厉家晨猝不及防松手，她转身就跑。

"若若！"许若唯没跑两步，厉家晨就追了上去，然后将她牢牢地扣在怀里。

他害怕失去她，他一颗心被搅得乱七八糟，前所未有的后悔和恐惧。许若唯被他禁锢在怀中，动弹不得，忽然，脖颈的地方有什么湿湿热热的东西滚落。

她竟然让他哭了！

"厉家晨，求求你，让我走吧。"许若唯满脸泪水，绝望地说道，"我们不可能了！"

"为什么不可能？我爱你，你明明知道我爱你！"厉家晨抬起头，看到不远处有一家珠宝店，他立刻拉着许若唯的手往里面走。

"你干什么？厉家晨，你放开我！"一路被拉到珠宝店里，许若唯拼命挣扎。

"若若，我们结婚吧。"厉家晨拉着她不放，空出一只手指着玻璃柜台，"现在就去挑婚戒，然后去登记！"

"你疯了！"许若唯挣脱不了，对着他一个耳光扇了过去。

他们怎么能结婚？就像他说的，她父亲对他母亲做了那种事，到时候……她要是见到他父亲该怎么做？

厉家晨不闪不躲，直直地站在那里，眼底满是疯狂和执拗。两人只顾着争吵，丝毫没有发现这家珠宝店里突然骚动起来。

人群中，两个戴着口罩的人猛地掏出了枪，对着店里的人厉声喝道："都趴下，不许动！"

此时，许若唯还在因厉家晨的话而惶恐，无论旁人说了什么她都没听见。两人相对而站，在应声蹲下的人群里显得鹤立鸡群，由于位置关系，劫匪立即将枪口对准了靠得更近的许若唯。

　　"若若，趴下！"刚意识到周围的情况，厉家晨就看见了眼前惊险的一幕，一把将许若唯抱到怀里，并且快速蹲下。

　　从惊恐到尖叫，再到安静，短短几十秒，整个店内陷入死寂，只听到大家粗重的喘息声和细小的呜咽声。许若唯后知后觉地反应过来，脸色顿时苍白一片。

　　感觉到怀里人的轻颤，厉家晨紧了紧手臂，无声地安慰。

　　见在场的人都听话地蹲下，两个歹徒开始动手砸柜台的玻璃，将那些珠宝胡乱地塞进袋子里。

　　厉家晨飞快地扫了一下四周，这个店只有一个出口，目前店内大概有三十多人，合力擒住两个歹徒应该不成问题，就怕他们还有帮手。

　　他这个念头刚冒出来，就听到店员的声音："快，从后面抓住他！"

　　与此同时，厉家晨只看到人影一闪，一直蹲着的保安蹿了出去，与此同时枪声响了起来。

　　"啊，杀人了！"

　　"抓住他啊！"

　　随着枪响，店内再次陷入一阵混乱，几个店员原本是想联合保安一起擒住歹徒，谁知道失手。这下两个歹徒红了眼，更糟糕的是，就像厉家晨担忧的，听到店内的枪声，外面立刻冲进两个同样戴着口罩的人。

　　那些顾客失去了理智，尖叫着想冲出珠宝店，拥挤的人群将许若唯和厉家晨挤散了，厉家晨惊慌失色，在所有人都拼命往外逃的时候，他却义无反顾地往回走。

　　"若若！若若！"他边走边叫。

歹徒贪婪地搜罗着珠宝，其中一个人拿着枪，对准那些试图反抗的人。

脚被人踩到了，许若唯下意识地尖叫了一声。听到她的声音，厉家晨连忙奔过去，此时，歹徒的枪刚好对准了许若唯。

"砰！"就像是天地初开的混沌之声，震耳欲聋，眼前的画面也仿佛被人按下慢放键。

许若唯瞪大了眼睛，她看到厉家晨飞扑过来，并且死死压住了她。紧接着，一股温热的液体从厉家晨的头部渗出来，黏黏的。她慌忙低下头，满眼都是触目惊心的红色。她颤抖着手，缓缓抱住他，张了张嘴，居然一个字都说不出来了。

"别怕。"厉家晨将她往怀里一按，声音渐渐小了下去。

时间不知过了多久，也许才几分钟，总之那些歹徒还没来得及撤走，珠宝店外便响起了警笛声。

许若唯四肢僵硬地抱着厉家晨，她的耳朵和眼睛好像失去了作用，什么都听不到，什么都看不到。她张了张嘴，努力了好几次，终于叫出他的名字。

"厉家晨，你不要死！求求你，你不要丢下我。"

周言是最后一个赶到医院的，许若唯由魏琳陪着，失魂落魄地坐在手术室外面，脸上和手上全是血迹。

"小唯，你别担心，会没事的。"周言心里五味杂陈，他走上前，轻轻抱了一下许若唯，说道，"家晨可舍不得扔下你。"

"对，他不会扔下我的。"许若唯喃喃自语，眼神空荡，不知道在看哪

里。

周言一阵心痛，上一辈的恩怨就该由上一辈来解决，为什么要让这对有情人来承担呢？

等待的时间每一分每一秒都是煎熬，像是过了一个漫长的世纪，手术室的门终于打开了。

"医生，他怎么样了？"周言第一个冲了上去。

许若唯立刻站起来，她太激动了，险些没站稳，魏琳连忙扶住她。

"病人已经脱离了生命危险。"医生解释道，"由于子弹打在后颈，位置比较险，可能伤到了神经，病人手术后也许会陷入长时间的昏迷。"

"什么意思？"周言激动道，"你是说他再也醒不过来了吗？"

"不排除这种可能。"

听到医生最后一句话，许若唯再也支撑不住，眼前一黑，倒了下去。

"小唯！"

"Olive！"

许若唯觉得自己像是做了一个很长很长的梦，她居然梦到厉家晨浑身是血地躺在她怀里，他一遍又一遍地说："若若，我爱你，相信我。"

他不停地说，声音越来越低，许若唯很想告诉他："我知道，我相信你。"可是她怎么都发不出声音。

真是一个好笑的梦，她醒来一定要当笑话讲给厉家晨听。

"Olive，你醒了？"看到许若唯醒来，魏琳惊喜地呼叫。

许若唯缓缓睁开眼，入眼的是一片白色。

这里是医院！意识到一点，她顿时浑身一僵。她想起来了，家晨为了救她，现在还躺在病床上，那不是梦！

"家晨呢？我要去看他。"她挣扎着要坐起来。

"他在加护病房，周言在照顾他。"魏琳连忙挽着许若唯，她的表情有些古怪，既有欣喜，又有些难过。

"是不是家晨出事了？"许若唯心里一沉，急切地追问。

"没有没有。"魏琳摇了摇头，目光落在她的小腹上，她轻声说，"Olive，你要当妈妈了。"

什么？闻言，许若唯呆在那里。

"你已经怀孕了，六周了。"魏琳眼里湿湿的，又哭又笑地说，"你怀了厉家晨的宝宝。"

许若唯缓缓伸手摸上自己的肚子，她有了宝宝？她有了厉家晨的孩子？

"都是我的错，如果我冷静一点儿，如果我不到处乱跑，家晨就不会有事了。"许若唯失声痛哭，"我当时为什么不听他解释！"

魏琳已经知道了事情的全部，她叹息道："Olive，这不是你的错，别哭了，宝宝会跟着难过的。"

"我现在什么都可以不计较，我只要他好好活着。"为什么我们总在失去的时候才知道自己最想要的是什么呢？

许若唯摸着还没有显形的肚子，擦了擦眼泪，说道："Vring，我想去看看家晨，我要陪着他。"

加护病房里，周言正跟厉永讲述事情的来龙去脉。

"孽缘啊！"看到病床上出事的儿子，厉永仿佛瞬间苍老了10岁，想不到他们上一辈的恩怨居然又害了小一辈。

　　"厉伯伯，事情都已经过去了，您就别计较了。"虽然有些不礼貌，周言还是开口说道，"您看，许家也毁了，小唯吃了那么多苦，现在她都有了家晨的孩子，您难道还不能释怀吗？"

　　厉永摇摇头，其实他早就释怀，也早就后悔了。

　　当初，他一门心思想要报复，但当家晨亲手把许安伟送进监狱时，他却并没有得到想象中的快乐。相反，看到家晨从那时候开始再也没有开心地笑过，他就后悔了。

　　"我早该想到的，家晨那时候明明说要带女朋友见我，后来莫名其妙就没有消息了。只要我提起，他就会发脾气，原来她是许家的女儿。"厉永老泪纵横，如果他早点儿留心，或许根本不会发生今天的悲剧。

　　"厉伯伯，您不反对他们俩了是吗？"周言真不知道该惊喜，还是该难过。

　　"我只希望家晨过得开心，他这两年总是闷闷不乐。"厉永长叹一声，"那孩子都有了我们厉家的骨肉，我怎么会计较这些？人老了，什么都看开了。"

　　当年，要是他也能多体谅自己的妻子一些，就不会失去心爱的妻子，家晨也不会失去母亲。

　　许若唯站在病房门口，听到屋内的对话，泪如雨下。这一刻，她想也许自己和厉家晨都错了。什么恩怨，什么误会，如果他们两个能够彼此坦诚，早点儿把话说清楚，有什么事一起面对，或许就不会走到今天这个地步。不过没关系，她愿意等他醒来，然后陪他一起去纠正以前的错误。

　　半年后。

病房里，护士正在给花瓶里的花换水。

"厉太太，你来啦？"脚步声一响，护士转过身，热情地打招呼。

许若唯点了点头，脱了外面的羽绒服。她里面穿着一件宽松的米色毛衣，肚子已经鼓了起来。

她摸了摸肚子，笑眯眯地往病床走去，嘴里念叨着："宝宝，我们来看爸爸啦。"

这样的情景护士已经习惯了，这位厉太太每天都会来医院探望厉先生，他们看起来那么般配，只是男主人在这里躺了半年，还不知道什么时候醒。

许若唯将带来的水果取出来，递给护士，让她帮忙去清洗，自己则坐在床边，小声和厉家晨聊天。

"家晨，Vring下个星期就要结婚了，这个家伙居然抢在我前面。"

"今天谭总约我出去了，不过你不许吃醋！因为他要回美国了，这次是特意跟我告别。其实谭总人不错，帮了我很多，我上次一声不吭地辞职，他也没有怪我，你以后不要再小心眼了。"

"你还记得赵丽吗？她上次来看过你的，她跟我说要做孩子的干妈，我怕你不同意，还没答应呢，所以你快点儿醒过来啊。"

"我前天去看了爸，他的病好了很多，还说要给宝宝取名字。不过我还是想让你取，家晨，你快点儿醒来吧。"

她一个人唠唠叨叨说了许多，但是躺在床上的人没有丝毫反应，一动不动，就像是陷入沉睡的王子。

她迷恋地摩挲着厉家晨的眉眼，轻声问道："难道你不想看着宝宝出生吗？"

她拉着他的手，轻轻按在自己的肚子上，柔声说："我和孩子都还在等

233

你，你别睡了，快醒来吧。"

护士去而复返，手里端着洗好的水果，后面还跟了一个人。她笑吟吟地跟许若唯说："厉太太，周先生又来了。"

"周言。"许若唯连忙站起身打招呼。

"小家伙有没有乖啊？"周言搞笑地冲许若唯的肚子挥了挥手，说道，"你别老往医院跑，多在家养着，小宝宝跟着你跑来跑去多累啊。"

许若唯笑着去拿水果，递给他，说道："他还没出生呢，你就这么宠着他了。"

"当然了，那是我干儿子。"周言瞪了她一眼，他一边咬着梨子，一边支支吾吾地说，"是这样的，之前宋文薇不是被她妈绑回美国去了吗？她现在自己又溜回国了，想来看看家晨，估计是良心过不去吧。我想，也许你不想看到她。"

许若唯摇摇头，经此一事，他们每个人都长了教训，宋文薇应该也吃了不少苦头。再说了，这事本质上和她也没什么关系。

"你同意啊？"周言啧啧称赞，"我就说你太善良、太单纯了，便宜家晨这家伙了，他有什么地方好啊，你说……"

"厉太太，你快看，先生是不是动了？"两人正聊着，护士突然激动地嚷了一声。

许若唯和周言愣住了，等反应过来，两人立刻扑到病床前。厉家晨浓密的睫毛微微颤动着，右手也不时地抽搐。

"家晨，你听得到我说话吗？"许若唯激动得一把握住他的手，哽咽地说，"我是若若啊！"

颤抖了许久的眼睫终于缓缓地睁开，就像是破茧的蝴蝶。

"家晨！"看到厉家晨睁开眼，许若唯喜极而泣，那些苦苦等待的日子一下变得鲜活起来。

许若唯连连吻着他的手，眼泪一颗颗往下掉。

"别哭。"厉家晨刚醒哭，嗓子哑哑的，他伸出手，艰难地摸着记忆中熟悉的脸，他好像浪费了很多时间。

"还有我，还有我啊！"周言激动地大叫，他几乎要跳起来了，连声嚷道，"你没有失忆吧？我是周言啊！"

厉家晨缓缓将目光移到周言的身上，在他饱含期待的目光中，慢慢动了动嘴唇，说出一个字："滚！"

居然敢趁他睡着，觊觎他老婆和孩子！干儿子？没他的份！

许若唯此时此刻眼里只有厉家晨一个人，她看不到气急败坏的周言，也看不到激动地跑出去叫医生的护士。她紧紧地抱着厉家晨，呜咽地说道："家晨，我爱你，我们快点儿回家吧！"

厉家晨抱紧了她，想到她和即将出生的孩子，嘴角慢慢扬了起来。

"我一直爱着你，以后还会爱我们的孩子。"

风雨过后总会有更好的晴天，属于他们的爱的故事，才刚刚开始。

（完）

八卦茶话屋

编辑部大八卦

——《七寻记》VS《蓬莱之歌》

夏日天高云远，一早上小编我叼着包子，刚踏进编辑室的大门，一只圆珠笔唰地从头顶飞过，我好像嗅到了战斗的气息……

【大喇叭】（手里攥着一本书，如一头愤怒的狮子）：卡卡薇这作者不错，我觉得这本《蓬莱之歌》，你必须得看！

【八卦妹】（连忙凑过来）：哇！这是新书啊！这个作者以前还写过《暗·少年之木偶店》《当星光没有光》《那年我们的秘密有多美》啊，销量简直如黄河之水天上来，泛滥不停……她特别擅长奇幻和少女题材，作品多见于《花火》《萤火》《微微》《爱格》《许愿树》等畅销杂志，多次被杂志推荐为人气作者呢。

小编我咽了咽口水：你这成语是怎么用的？你是怎么混进编辑室的啊？真是值得深思……

【淡定哥】：哼，这些小女生的作品，我才没兴趣呢。不过，有一个人例外，沧海镜的《七寻记》，我建议可以看看。情节丰富，文笔优美……我妹妹在家抱着那本书，看得都不想睡觉。嘿嘿，作者似乎还是个美女……

【大喇叭】：卡卡薇长得更美！她的少女奇幻文，不仅励志，冒险推进路线也紧凑，架构清晰，正能量充沛！你看看这些主角的名字，夏沫、苍术、师走、华意、雪藏……多好听！

淡定哥朝某人投去鄙夷的目光，叹息着摇摇头。

-记》好吗？有
买啊？"

【淡定哥】：肤浅！名字好听管什么用？它人气高吗？卖得
《封印之书》《悠莉宠物店》那些好看吗？你倒是说出几个理由

袭，请围

小编我默默地退到了墙角。一波刀光剑影B
观群众注意躲避，以免误伤！

这封面了吗？
整个故事中发
以及迷岛的冒险
又阳光，必须

【大喇叭】（抢起袖子，颇有打架的气势）：第
清新薄荷绿，设计独特，买！第二，友情、正义、亲情、冒险、
挥得淋漓尽致，买！第三，百鬼斋、不归胡同、红月中学旧校合
险，这一个个扣人心弦的情节，你不看，包你后悔！《蓬莱
买！

……喇叭姐，

【八卦妹】（一把抱住大喇叭大腿，痛哭流涕
土豪，我们做朋友吧！"

"。小编
瞟，不要
看……

大喇叭一脚踢开八卦妹，等着淡定哥"不
我蹲在角落画圈圈：好暴力，好可怕……

【淡定哥】（不服气）：反正市面上火热的同类型作品多了，凭什么它会火？我不信。

【大喇叭】：凭它是一本不可错过的好书！凭卡卡薇呕心沥血的创作态度！好了，淡定哥，明天我有点忙，你的牛肉粉，我就不帮你捎带了。

【淡定哥】（不淡定了，一把扑过去，扯住大喇叭）：不要啊！你知道我有"起床癌"，不帮我带早餐，我会饿死的！呜呜呜……我去买，去买，成不？我口袋里还有省下来的38块救命钱……

【大喇叭】（得意地仰天大笑）：啊哈哈哈……这还差不多！

小编45°忧伤看天，窗外依旧天高云远，编辑室里总是风雨不定，编辑室的八卦太多，版面有限，省略我三万八千字……有机会，我们再买包瓜子，唠唠嗑吧！

尊上，你的
命中注定是……
—— "Desitny魔法"系列之霍建华任意cos&PK秀

尊上，你的小骨来啦！　　尊上，请和我一起弹琴吧！

尊上，我的剑术练得怎么样？　　尊上……

　　随着电视剧《花千骨》的热播，小果的朋友圈都被"尊上"白子画和霍建华给刷屏了！

　　又是一月广告季，小果冥思苦想写不出来的时候，刷起朋友圈，对着"尊上"扮演者霍建华帅气的脸庞，忍不住花痴……呃，是联想起来。

　　既然霍建华这么火，不如小果子让霍建华来COS一番新系列的几个花美男？

尊上，你命中注定，这个月要属于小果子啦！

　　一所以鸢尾花为象征的普通学院，却隐藏着不为人知的惊天大秘密！

　　从异次元世界而来的美男们，聚集在艾利学院的流光城堡，正带着自己的"一纸契约"，寻找命中注定的魔法主人！

　　浪漫轻氧系美少女作家松小果，奉上超华丽的浪漫校园奇幻新系列——

废柴魔法师+古代皇族少年+外星球王子+花界继承人的豪华组合炫酷来袭！

　　可是，这么华丽的组合，谁能撑得住？

　　没关系，让《花千骨》里的冰山美男"尊上"白子画——霍建华，用他演绎的角色告诉你！

废柴魔法师　鲁西法

出身魔法世家的魔法少年，最擅长的是将事物变成粉红色棉花糖，一旦失败，自己会被魔法炸到。虽然有了这项技能，但为了取得正式的魔法师资格，仍然勤奋练习。他的性格比较单纯，说话直率，容易得罪人，所以经常不说话，看上去很冷漠。

ＰＫ角色

《金玉良缘》　金元宝

同样是出身世家，含着金汤匙出生，地位也很超然。看上去非常冷漠，不屑于任何客套，感觉是个很难相处的人，但是内心跟鲁西法一样，非常柔软。只是，这需要深入接触才会发现。如果要进入他们的世界，就要有接受"毒舌"或者火爆脾气的决心，你受得了吗？

古代皇族　天一凤

来自中国古代的皇族，拥有崇高的地位。即使在现代，也是这群异次元美男们的精神领袖。表面是个斯文有礼的男生，喜欢穿一身白色，实际上却是个深藏不露的武功高手，即使其他人使用超能力，也难以对付他。

ＰＫ角色

《花千骨》　白子画

同样是身负重任，只不过天一凤背的是家国天下，白子画的责任是仙界人间。他看上去超凡孤傲，甚至有一点冷漠，其实，他把自己仅有的温柔和爱都留给了那一个人。天一凤也一样，脱去金光闪闪的"皇子"身份，他把只属于天一凤的感情也都留给了自己的魔法主人。如果遇到他们，一定要等到他们脱去"面具"，露出真正的自己。

外星球王子 诺恩

来自遥远的萨特星球的王子。外表是典型的外国吸血鬼长相，实际上是个爱吃辣椒，只吃素的大胃王。他的超能力是类似机器猫的任意门，只要他的手推开门，就会瞬间进行地址转换，只是，永远到不了门原本通向的地方。

PK角色

《倾世皇妃》刘连城

同样是外表俊美、身份显赫的王子，同样是不安于现在生活的异类。刘连城把自己的感情都托付给了楚国公主马馥雅，执着得近乎偏执。而诺恩则把自己的热情都投入到了「吃」里，对食物特别是辣椒非常执着。两人都是至情至性之人，对自己看中的，都会投入百分之百的精力。

花界继承人 花千叶

是花界的花主继承人。外表柔弱、精致，但是内在性格很「爷们」，属于「外在精致内在糙」的类型。能听懂花的语言并操控它们，所以知道学校的所有八卦。为了改变自己柔软的形象，养成了粗鲁的行为习惯，却因为形成了反差，被大家追捧。

PK角色

《战长沙》顾清明

是民国时期大佬的独生继承人，有一颗爱国之心。因为长相文弱和身份问题，尽管想上战场，却总是被隔离在前线之外。跟花千叶一样，为了改变既有的状况，戴上了冷静理智的面具，掩盖自己敏感骄傲的心。两人都属于外表太好看以至于容易被忽略内在的人，却都用自己的实际行动，佐证了自己「爷们」的个性。

　　看了霍建华的角色cos秀，对即将登场的异次元少年们是不是有了一定的了解呢？

　　不管是会变棉花糖的魔法师鲁西法，还是古代皇族天一凤，又或是外星球王子诺恩和花界继承人花千叶，他们身上的秘密可不光这一点！

　　一切的答案，都会在接下来的"Destiny魔法系列"中揭晓。

当当当！
第一部《琥珀流光魔法雪》即将上市，废柴魔法师鲁西法即将找到他的魔法主人！

　　那么他的秘密到底是什么呢？

　　嘘，书里告诉你哦！

广告已经写完，尊上，等等我……让我们一起去梦里约会！

魔法测试

你想不想来一场奇妙的恋爱之旅？

有能变出高贵王子的奇异魔法

角色演じNo!

嘘，少年他来啦

嘘，你看，他来了！

小洛姐姐施展了一个魔法，现在你们要完成以下步骤，才能见到自己的王子哦！

1

你遇到自己喜欢的人，会选择什么样的方式对待？

A. 大大方方表白。
B. 默默陪在他身边。
C. 试探一下对方是否也喜欢自己。
D. 害怕去面对，怕对方不喜欢自己。

2

然而他也是喜欢你的……

A. 主动提出交往。
B. 心照不宣地守在他身边。
C. 寻求适合表白的契机。
D. 哎呀，好羞涩哦！

3

然而他喜欢的另有其人……

A. 那又怎样？不影响我喜欢他啊！
B. 没关系，他总会被我感动的。
C. 他居然喜欢别人？是不是我哪里不够好？
D. 呜呜呜……他不喜欢人家！

4

如果有一天你发现你们之间有隔阂了……

A. 你根本没在意有隔阂的问题。
B. 默默做他喜欢的事情，让他看到你的好。
C. 一定要说出来，不然心里憋着难受。
D. 怎么办？我感觉和他的感情要破裂了……

如果有一天你们濒临分手……

A. 居然敢跟我分手？
B. 发现问题，解决问题。
C. 到了这个地步，即使痛苦也还是分开。
D. 大醉一场，然后大哭一场，一笑了之。

安利A

王子类型： 严齐《你是我回忆里的风景》

你的角色是： 柯灵。跟严齐般配指数85%。你是一个对待爱情很热情很专一也很固执的人，严齐这一类的男生会很容易注意到你的热情、你的固执，并会被你吸引。你偶尔大大咧咧，需要这么一个细心可靠的男生来保护你和照顾你哦！

安利B

王子类型： 许泽安《你是我回忆里的风景》

你的角色是： 莫默。跟许泽安般配指数95%。你是一个安静并且喜欢默默付出的人，要同样跟你一样安静温柔的男生才会注意到你的付出。并且，你足够善解人意，他跟你在一起不会很累。你们生活在一起，恬淡的小生活会让你格外幸福呢！

安利C

王子类型： 陆宇风《你是我回忆里的风景》

你的角色是： 夏沐雨。跟陆宇风般配指数98%。你有一点小脾气，过得也很随意，自尊心也很强。陆宇风这种外表看起来洒脱自在，但是很懂女孩子心思的人最适合你。他会在你要发脾气的时候，及时察觉你的情绪，并巧妙地化解。你这样骄傲的小公主，必须有高情商的男生来收服你啊！

安利D

王子类型： 宁涛《你是我回忆里的风景》

你的角色是： 叶小蓓。跟宁涛般配指数85%。你是个头脑很简单的单纯小女生，只要能欺负他，你就已经很高兴了。宁涛这类男生就可以让你随便欺负，因为他特别宠你。这么甜蜜又有主见的男生，你怎么会不喜欢呢！

魔法测试

女王季きれい重磅来袭！！

——如果《有你的年少时光》中的女孩子都是女王，那么你会是哪一款呢？

来，跟着小洛姐姐手指的方向，让我们往下一步一步走，直到找到属于我们自己的漂亮王冠和礼服，成为让全世界都敬仰的女王大人！

**准备好了吗？
燃烧吧，女王们！**

我的季节，我做主！

Question · 1

你收到来自森林魔法师的一张邀请函，要你参加森林舞会。这个时候，你会选择以下哪一件礼服？

A.华丽礼服： 这样才配得上我的高贵。

B.素白礼服： 要淑女一点。

C.个性礼服： 适合自己才最重要。

D.可爱礼服： 我的世界我做主，哼！

Question · 2

你到了舞会上，发现舞会还没有开始，这个时候你会怎么办？

A.四处走走： 快看，那里有帅哥！

B.安静地坐着： 好无聊，慢慢等吧。

C.和熟人聊天： 啊，终于看到认识的人了。

D.找点心： 饿死啦！饿死啦！我要吃！哼！

Question・3

有服务员经过，不小心撞了你一下，你的礼服被溅上了酒汁，这个时候你会怎么办？

A.骂他： 你知不知道，你破坏了我的好心情！

B.没关系： 我去洗手间擦擦就好了。

C.满脸通红地掉头就走： 羞死人啦！

D.心疼： 哎呀，人家最喜欢的裙子呢！

Question・4

上台阶时，你的高跟鞋不小心掉了一只，这个时候你会怎么办？

A.脱掉另一只： 本女王随时都有自信！

B.拜托男士帮忙： 先生，麻烦你了。

C.尴尬： 今天运气不太好……

D.兴冲冲地去捡： 哎呀，鞋子掉了。

Question・5

你看见主人出来了，发现他是你喜欢的王子。可他周围围了一群女孩子，这个时候你会怎么办？

A.走过去： 用气势秒杀她们！

B.优雅地一笑： 端起酒杯，隔空与王子碰杯。

C.耐心等待： 我的王子人气真的很高呢。

D.不小心摔倒： 哎呀，王子，人家好痛，你快过来嘛……

Question・6

舞会结束，王子要送你回家啦！在浪漫又充满童话氛围的森林里，你想跟王子说些什么呢？

A.今天的感慨： 嗯，这个舞会还行吧，还算符合我的口味。

B.关心的话： 王子殿下，你今天累吗？

C.并肩不语： 哎呀，安静的暧昧，让人脸红心跳呢！

D.关于点心： 我跟你讲，那个××特别好吃，特别美味！

锵锵锵! 快来掀开神秘的面纱,
看看你们是哪一种女王吧!!

((霸气女王))

代表人物:
张静《有你的年少时光》

你很有自信,什么都喜欢冲在前面,并且表现得很好。你永远是个想要得到更多赞美和认可的女王。你觉得,你就是个站在食物链顶端的人!可是很多时候,我们要顾及一下身边人的感受呢。如果你对每个人都很尊重,都很细心,那么所有人都会拜倒在你的王冠之下啦!

((优雅女王))

代表人物:
林素心《有你的年少时光》

你也是一个自信的女王,但你不会大张旗鼓地表现出来。你知道适当地体现自己,不会盲目冲动,会恰到好处地展现自己最美的时候。这样的你,会吸引很多异性哦。可是,在面对不尽如人意的事情的时候,你可能没有办法选择,这个时候,你就要问问身边人的意见啦。

((亲和女王))

代表人物:
姜颜《有你的年少时光》

有人说亲和的人不适合当女王,其实这可不一定。能掌握分寸、不娇柔做作的你,对待每个人都真心实意的你,很容易就能取得大家的信任。可是你的内心深处,还是很缺乏安全感的。所以,好好修炼自己吧,让自己拥有强大的内心,这会让自己和身边的朋友具有更大的优势呢。

((菜鸟女王))

代表人物:
安小晓《有你的年少时光》

你是个天真开朗的乐观派,虽然性格大大咧咧、糊里糊涂,很多事情都无法做得特别优秀,但是你对待朋友非常仗义,所以你的小缺点并不会影响你的大优点!而且,小小的失败并不会把你击垮,但是你也会承受不了太大的伤痛。为了未来,为了王子,冲锋吧,菜鸟女王!

如何迅速升级成白富美

暑假到了！默默地摸摸口袋，发现全部家当只剩下100块……

只有100块还能好好当"白富美"吗？

小编迅速翻遍我们的新书，

然后发现……

答案居然是肯定的！

第一步 STEP1

在成为"白富美"之前，必须先摆脱穷光蛋的命运！

《超优候补生》 草莓冬 著

任性刁蛮的大小姐亚米一夜之间变成了穷光蛋，还被自称来自外星的丑玩偶欺骗，落入恐怖的"短时间内强刷好感度"地狱。

关窗1分，擦地板10分，关心同学50分，和人争执扣1000分，被诬陷扣10000分！

唯一脱离地狱的方法是——成为超级受欢迎的歌手。

想逃跑？会被十万伏特电流袭击哦！

超级热血的少女搞笑励志成长游戏，正式启动。

啊？超自然能力？

好像超出预期了……可不是每个人都能碰到"短时间内强刷好感度地狱"的……再搜索一下！

《微甜三次方》 草莓冬 著

总觉得自己是天底下最不幸的阴沉少女蓝小叶"捡"到一个自称是守护精灵的仙子玩偶，本以为会得到魔法庇护，从此万事如意，获得幸福，可天上真会掉馅饼吗？

"善意之手"须达到100%，否则就会倒大霉？

如果不能在一周内发现"美化之眼"的练习方法，考试永远得零分？

还有"义真之言""纯真之心"等奇怪的称号代表的又是什么呢？

闯过了重重关卡，蓝小叶终于了解开心结时，却震惊地发现所谓的守护精灵背后的真相……

你说这个是获得魔法守护的？

都一样啦！

反正，获得了魔法守护，我们还会穷吗？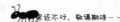还不行，敬请期待……

《凉涩花之梦》 草莓冬 著

花梨为了博得关注，声称认识最年轻的国际舞蹈家结凛，却被同学要求拿出证明。

就在花梨吹牛的真相即将被揭开时，结凛竟然真的出现在她面前。同时出现的，还有一个超级可爱的Q版小王子玩偶。

小王子玩偶声称自己是受到诅咒的神界王子，而花梨是能解开诅咒的契约者，解开诅咒的办法是花梨永远不能说谎。

如果说谎，将遭受十万伏电击的惩罚。

是继续说谎抓住虚假的友谊，还是诚实面对不能回忆的过去，勇敢地重新接受残酷的挑战？

青涩甜美的成长烦恼交织如梦似幻的"魔幻奇缘"，将奏出怎样的命运篇章？

*未出版书籍 以实书为准

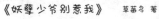

既然现在已经起死回生，摆脱了穷光蛋的命运，我们就有底气追求生活质量啦！
比如说帅哥……

《妖孽少爷别惹我》 草莓冬 著

这个世界上，是不是有另一个我，过着我想要的生活？

因为一份双子契约，两个"奈奈"开始了奇妙的互换身份之旅……

跆拳道黑带九段、人称"女流氓"的浅千奈摇身一变，成了宫家大小姐。可是，千金大小姐并不是那么好当的，绑架、相亲，一个不漏地悉数上演，美梦一瞬间变成噩梦！更可恶的是，还有大少爷伊藤月每天变着花样来纠缠，简直太过分了！

呜呜，说好的平凡女生超梦幻华丽逆转情节呢？为什么现实和理想差了那么多？

这简直就是另类灰姑娘勇闯上流社会的爆笑血泪史啊！

什么？不喜欢"霸道少爷"款？（小心"小白"会打你们哦！）
没问题，我们还有另一种口味！超高智商，学霸必选！

《呆瓜学霸认栽吧》 草莓冬 著

这个世界上，是不是有另一个我，过着我想要的生活？

宫奈奈在见到另外一个"自己"时就知道，两个"奈奈"的变身游戏要开始了！

褪去大小姐的华服，"女神变女流氓"的宫奈奈在平民学院里简直如鱼得水！

只不过，这三天两头就有"仇家"找上门来是怎么回事？

"女流氓"浅千奈的历史遗留问题简直让人头大啊，这一切就交给本小姐处理好了！

木讷憨厚却有亲吻癖的邻居"学霸"、狂野不羁的街头少年、阳光正派的学生会会长，美少年们，通通拜倒在本小姐的脚下吧！

有了帅哥，当然我们自己也要跟上啦！
外貌……咳咳，既然只有100块，就不要想什么整容了，
但是没关系！
我们可以修炼自身，做一个 **气质的美少女！**

《许你向未来》 宅小花 著

一见钟情之后，往往没有太好的结局。

生活不是童话，但许晴嘉却始终坚信，只要努力一点，再努力一点，就能得到自己想要的……最起码，方竟能看她一眼，也算是好的。

始终不愿放手，究竟是那一抹执念，还是永不放弃的希望？

她只知道，有时候上帝总会在绝境中赐予惊喜。

《我们须将独自怀念》 宅小花 著

性格冲动、天性善良的少女郑夏天，为了好友陆双双，和校花陈珂针锋相对，甚至不惜和陈珂结仇，最后却害好友毁容。三年后，因为内疚而改变的郑夏天，重遇当年和陈珂交好的少年顾泽一，渐渐揭开了当年事情的真相，才发现背叛她的，恰恰是她一直觉得对不起的好友陆双双。

有些人因为爱情背叛了友情，也有些人因为友情而放弃了爱情。在背叛与信任之间，我们做出怎样的选择，就会让我们成为怎样的大人。

嘘……有些事，就让它随着时间，化为永恒不变的记忆吧。

就连花漾少女教主——宅小花都转型了！
你们还在等什么？

有了丰富的内涵，哪怕"颜值"实在跟不上，也没什么好怕的！

不是有美图软件嘛！

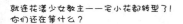

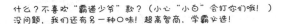

夏小桐的夏日厨房

世界这儿²大，我想去尝尝

嘉宾：魅丽优品暖（dou）萌(bi)作者 夏桐
魅丽优品才情小天后 锦年

菜菜酱：哈，又到了夏桐的夏日厨房时间，今天她会给咱们带来什么美食呢？大家是不是很期待呀？（别啰唆了）然后，今天菜菜还请来了咱们的人气小天后锦年，大家热烈欢迎！

@merry—锦年：我来串场啦，大家好。

@merry夏桐：欢迎欢迎！

菜菜酱：好了，接下来是夏大厨时间。夏桐，快来介绍今天的美食吧！（星星眼）🐷🐷

@merry夏桐：不知道上次的甜品，大家有没有学会呢？喝起来是不是很sweet？

@merry—锦年：（举手）我学会了！很好喝！

菜菜酱：啊，原来锦年也看我们的节目啊！

@merry—锦年：当然，我可是夏大厨的忠实粉（ji）丝（you）！

@merry夏桐：那么这一期，就做一道锦年喜欢吃的菜吧。

菜菜酱：好呀好呀！

@merry夏桐：今天做的是夏日小清新——虾仁芦笋，很健康也很简单的一道菜。

@merry-锦年：嗯，我拿小本子记一下。

@merry夏桐：
食材：虾仁、芦笋、大蒜、淀粉、盐。
步骤：1.芦笋切段，大蒜切片。
　　　2.切好的芦笋焯水。
　　　3.虾仁加入料酒、盐、淀粉拌匀。
　　　4.锅里放油，加蒜片炒香，放入虾仁稍炒，马上放入芦笋。
　　　5.加少许盐和水、淀粉，快炒出锅。（食谱来自网络）

@merry夏桐：然后，清新又美味的虾仁芦笋就出锅啦！

@merry-锦年：用到了我喜欢的虾仁！嗯，今晚回去就试试看。

菜菜酱：我也好喜欢呢。节目好快，又到了新书预告的时间，夏桐，该你啦！

@merry夏桐：已经有好长时间没出新书了……但接下来的几个月，会把这些日子累积起来的新书都上市，大家记得关注啊！

广告时间：

一份合约，将两个原本毫无交集的人紧紧地绑在了一起——
他说："哟，山水有相逢。女侠，我们又见面了。"
一份合约，让两个性格千差万别的人彼此钟情——
她说："我就知道你喜欢我。"
从今天开始，你只能保护我一个人。因为，我也准备只对你一个说蜜语甜言。

魅丽优品萌爱言情小天后 夏桐

打造史上最甜蜜密令：《最萌保镖》

互动有奖调查表

姓名：　　　　　年龄：　　　　　性别：　　　　　电话：

地址：

　　欢迎来到魅丽优品的新书新貌新世界！全新的改版，浪漫、诙谐、有趣，种种不同的新书预告和介绍，以多彩多姿的面貌呈现在你的面前。在未来的一年里，我们将持续且创新地在每本书后推出各种精彩新书专栏和展示不同内容，如果你喜欢我们精心创作的这份随书附赠的小小礼物，就请回复我们来支持我们吧。

♥ 你的最爱

1. 本期新书预告专栏中，你最爱的栏目是？（多选题，请在最喜欢的几个栏目后打√）

　　新秀街　　　　　疯狂游乐场　　　　　老友记

2. 本期新书预告专栏中，你最爱的新书是？（请根据你喜欢的栏目内容标明你喜欢的3本新书）

3. 本期新书预告专栏中，你最喜欢的作者按顺序是？（请列举三位）

　　　　　　　　　、　　　　　　　　　、

4. 本期的图和文字，你更喜欢哪一种？（二选一，在选项后打√）

　　图画排版　　　　　文字内容

♥ 线下投票：

　　填好以上表格，将它寄回魅丽优品的大本营：

湖南省长沙市开福区黄兴北路89号上城金都南栋21楼　魅丽优品 市场部 收

你100%有机会得到我们送出的礼品一份。

♥ 线上投票：

　　如果不想寄信，你可以登录我们的微博和微信进行投票，也有机会得到我们送出的新书一本哦。快来扫一扫，进行线上投票吧！

品微博二维码　　　魅丽优品微信二维码　　　瞳文社微博二维码　　　瞳文社微信二维码